CW00864079

Mathias Walter

PROJECTION

un roman cinématographique

Version du vendredi 26 octobre 2012
SACD, Numéro de dépôt 000010242

AVANT PROPOS

Projection n'est pas un roman, c'est un film porté sous la forme libre du roman.

C'est un roman de cinéma.

L'histoire d'Oscar n'est pas une histoire d'inceste, c'est une histoire d'amour, de désir et de souffrance.

Ce livre est une photographie écrite avec des mots.

PROLOGUE

Une petite église à la tombée du jour. Quelques fidèles dans la salle. Ils sont tous habillés de noir et portent une capuche. C'est une atmosphère étrange qui règne ici. À la place de l'autel, un homme au corps fin est assis sur un fauteuil, presque inerte. Il est vêtu lui aussi d'un costume noir et son allure ressemble à celle d'un prêtre.

Une femme entre brusquement, brisant le calme ambiant. Elle se dirige droit vers l'homme, quelques yeux se retournent vers elle. La grâce féline en robe courte moulante et talons hauts, comme sortie d'une photographie d'Helmut Newton, fond sur lui comme un rapace sur sa proie. À quelques mètres de lui, elle se met à danser, tourne autour de lui. La chatte s'amuse avec sa proie. Fatiguée de jouer, elle l'attrape et le lève des deux mains, lui lèche le visage longuement - une panthère goûtant le sang de l'animal qu'elle vient d'attraper à la gorge.

Une fois son festin terminé, elle le laisse retomber sur son siège, lui lance un dernier regard de complaisance et sort, naturellement.

Début de l'histoire d'Oscar.

séquence 1 : Anne Serra/Claire.

Oscar et sa machine à écrire.

Recherches pour Projection.
Baptiste Homo/Oscar.

1. OSCAR

Dans un petit studio parisien rempli de livres, un peu crasseux, l'homme, celui de la scène précédente, est endormi sur sa vieille machine à écrire, à moitié K.O. L'homme, c'est Oscar Lima, la trentaine, chemise noire et pantalon de marque, pas repassés. Il marmonne, relève doucement la tête, la marque des touches est inscrite sur sa joue. Il tient une bouteille de Scotch vide à la main. Ses yeux ont du mal à s'ouvrir, ils sont collés comme ceux d'un enfant au réveil. Leur expression est vide de sens, comme peut l'être une vie passée à se prendre pour un autre. Un autre écrivain qui serait lu, et dont on attend la dernière édition avec envie en librairie. Il regarde sa bouteille comme si c'était une vieille amie d'enfance, scrute son environnement immédiat et repère une boite de pilules roses sur la table. Il en gobe quelques-unes.

Il tape à la machine.
«Je m'appelle Oscar, et je suis un autre.»

Oscar sort de chez lui, il marche dans les rues et se pose dans un café. Il regarde les gens passer et arborer un air triste. Voici un homme isolé dans un environnement surpeuplé. Portraits photographiques de visages pluriels dans le bar, d'autres passent dans la rue bouillonnante, l'allure molle et morne du Parisien.
La solitude d'Oscar se ressent, elle pèse lourd, trop lourd pour sa silhouette fine et fragile.

Les visages continuent à défiler dehors. D'autres sont heureux et affichent de la sérénité en cette journée de printemps parisien, entre pluie improbable et rayons lumineux rares et timides.

Une femme obèse avec un visage de crapaud ferme la marche du flux de passants, Oscar s'attarde sur elle. Sa laideur le prend aux tripes, il se demande comment pourrait être sa vie sociale, si elle en a une. Ses vêtements et son allure, ainsi que quelques poils gros comme du crin qui lui poussent sur le menton par-ci, par-là, laissent deviner une existence assez modeste et un travail ingrat. Une concierge ? Non, il n'y en a plus à Paris.

Une inspectrice de l'URSSAF, telle la dame qui le harcèle pour des charges impayées depuis des années, un temps où il a reçu des droits d'auteurs pour son premier roman, immédiatement engloutis dans des dettes encore plus anciennes. Il se dit qu'elle ferait un bon personnage de fiction, et il tente de faire appel à la partie de son cerveau qui gère l'imaginaire. Par effort de concentration, il retrouve un chemin de synapses, il cherche, cherche, fouille dans sa matière grise, plus profond que profond, mais rien, le vide.

Il se fatigue d'une telle recherche, de l'obscurité dense et presque palpable qui lui envahit l'œil. Fondu au noir. Deux neurones lâchent et il manque de s'évanouir. Il se reprend, ouvre les yeux. Combien de temps a t'il été absent de lui-même ? Des heures, des minutes, des secondes ? De l'obscurité de suie noire opaque ressort une silhouette de femme. Une forme parfaite de femme nue dessinée par Bilal. La fumée se dissipe et il aperçoit le visage doux amer et le corps longiligne et diabolique de sa sœur.

Est-il encore évanoui ? Comment ses neurones peuvent-ils passer de l'image de cette femme crapaud ignoble à la perfection visuelle de l'objet inavouable de ses fantasmes ?

Solitude devient sommeil. Les yeux d'Oscar se ferment mécaniquement. L'insomnie le rend maigre et faible. Il n'a pas dormi depuis des semaines, peut-être des mois. En réalité, il est difficile de faire la différence entre les moments éveillés influencés de médicaments et, souvent, d'alcool, et les moments de sommeil suspendu.

L'insomnie est traître, vicieuse.
Elle te fait dormir sans dormir, te garde dans
un état de dépendance totale au sommeil, et
t'empêche d'y accéder vraiment.

Tu es dans une parenthèse du sommeil, tu ne
dors jamais vraiment.

Péniblement, Oscar se relève et marche droit
devant.

Un homme de la rue l'arrête.

«Monsieur, pourriez-vous me prêter une
âme s'il vous plait ?».

Les deux hommes se regardent, l'un de désespoir,
l'autre de pitié envers lui même.

«Croyez-moi, vous ne voulez pas de mon
âme en ce moment»…

2.   OPERA

La scène à peine éclairée de l'Opéra Bastille.
Une danseuse exécute ses mouvements seule.
On entend du Tchaïkovski. Sa danse est
belle et fluide, inédite. Tout est parfait
et harmonieux. Un ange qui flotte dans une
atmosphère surréaliste, le vol d'un oiseau
de nuit porté par une pellicule d'azote
liquide, une brume blanche et grise, un son
de piano pur et cristallin, une parenthèse
poétique dans un monde qui n'existe que sur
la scène, ou dans un rêve. Telle est la vision
alternative et fictive qui habite le cerveau
d'Oscar pour quelques minutes grâce à la
molécule *Prozac* qui l'irrigue en ce moment,
mêlée à quelques centilitres de Whisky bon
marché.

3.   PROJECTION

Changement de point de vue.
Tu es une image d'Oscar.

Tu la vois arriver de loin, de derrière cette église qui te hante. Les hommes se retournent tous, sans exception d'âge ou même d'orientation sexuelle, dans ce quartier proche du Marais. Elle a quelque chose de félin, de fondamentalement attirant que les autres n'ont pas. Elle est légère, gracieuse, elle marche sur une couche d'Air Liquide. Elle te remarque, la regardant. Elle te fait son plus grand sourire. C'est encore plus dur quand elle te sourit.

Un passant s'arrête et affiche un air idiot d'amoureux d'un Ugolin de Pagnol, croyant que ce sourire lui était destiné.

C'est l'effet qu'elle fait sur les hommes, ils ont envie de la connaître. Ils ont envie d'être touchés par la grâce, sa grâce, celle qui fait que ce corps aux formes parfaitement féminines amène aux désirs les plus crus, celle qui te rend fier de la désirer et qui rend la partie basse de ton corps à toi incontrôlable, même en pleine rue parmi tous ces fantômes, même ici, même ailleurs, même elle, *ta sœur*.

Tu es un autre que toi-même. Tu es le miroir d'Oscar. Tu es le cerveau malade d'Oscar. *Une projection de toi.*

Tu ne sais pas si elle est réellement consciente de l'effet qu'elle produit sur les hommes, tous, absolument tous les représentants de ce sexe, et peut être aussi les femmes, sûrement même. Toi, tu n'es pas une exception, pourquoi tu le serais ? Elle est plutôt grande, mais elle n'a pas cette silhouette platement androgyne des filles imprimées dans Vogue. Ses jambes longues laissent voir ses muscles finement travaillés de danseuse d'opéra qui se tendent à chacun de ses pas, les os et les tendons de ses chevilles se dessinant parfaitement. Ses cheveux longs suivent sa cadence et laissent toujours un parfum doux d'ylang-ylang dans l'air. Ses seins sont beaux, hautement fixés et puissants, dessinés au crayon fin. Tu peux en apercevoir le sillon, offert aux yeux de tous, sous sa chemise entrouverte. Les boutons ont envie de sauter sous leur masse imposante à chaque fois que le talon frappe le sol avec le bruit sec d'une touche de piano qui effleure la corde musicale.

Elle n'a parcouru que quelques mètres et, déjà, une haie d'honneur qu'elle ne remarque pas s'est formée derrière elle. Son image va trotter dans la tête et les tripes de chacun de ces hommes qui ont croisé son passage ce samedi douze mai ensoleillé parisien.
Certains vont revenir chez eux et ne plus jamais regarder leur femme, d'autres vont errer toute la journée dans la rue, ou retourner au travail avec un air mêlé de rêve d'ailleurs et de nostalgie d'un moment qui ne s'est jamais produit, et d'autres encore, comme toi, auront la joie immense de la voir s'assoir en face d'eux et pourront savourer ce moment de grâce volé à la vie. Il est rare que tu lui parles tout de suite. Tu as besoin d'un moment pour te remettre de chacune de ses apparitions, et elle le sait. Elle se contente de s'assoir et de te sourire, tendrement, le temps que tu reconnectes ton cerveau malade au monde réel.

Elle te demande simplement si tu vas bien, tu mens, comme toujours, en disant oui, ça va. Tu mens encore en lui disant que ton roman avance bien, et tu continues dans le mensonge en disant que tu ne peux pas lui expliquer de quoi ça parle exactement, car c'est encore un peu flou pour le moment. La réalité c'est qu'il n'y a pas la moindre ligne d'écrite et que ta seule amie actuelle est la page blanche, vierge de tout, trop propre pour être salie de tes pérégrinations inconscientes et délirantes pour elle, en surchauffe totale. Elle te dit qu'elle part à Cuba pour un spectacle de danse contemporaine, et tu caches aussi ta jalousie en disant que tu es tellement content pour elle.

Une image de toi devant ta machine à écrire, seul et sans mots, s'affiche dans ton cerveau à cet instant précis. Une espèce de grande nostalgie te prend soudain. Quand elle te demande ce que tu vas faire ces prochains jours, tu réponds que tu n'as pas de projets très précis, formule facile pour signifier que tu n'en as pas la moindre idée.

Des instantanés de Cuba se superposent à son image à elle, et ton cerveau s'emballe à nouveau. Tu entends le son de ta machine à écrire, les touchent frappent le tambour sans laisser d'encre sur le papier. Elle t'appelle. C'est le noir dans ta tête.

La salle se rallume à nouveau. Générique de début. Tu vois ta sœur à Cuba, dans une grande maison, toute en sueur, de fines gouttes glissant langoureusement sur sa peau au cuir fin et doré, luisant sous cette lumière du soir qu'il n'y a nulle part ailleurs - comme dans cette pièce de Nilo Cruz où le héros lit Tolstoï à des fabricants de cigares, emportant le narrateur et la fille de son employeur dans la même passion dévorante que celle d'Anna Karenine…

Elle monte un escalier nue…
Ta queue se dresse soudain sans que tu puisses la contrôler.

Arrête-toi, elle est encore en face de toi !

4. SOUVENIR D'ENFANCE

Tu es seul sur ton canapé, tu regardes le plafond, immobile. Des sons de machine à écrire résonnent dans ta tête. Tu bandes.
Tu penses à Burroughs et à Henry Miller, à cette époque où on brûlait sa vie. Où écrire était une protestation, une lutte, un changement, ou simplement de la pure jouissance. Tu te lèves lentement, te regardes dans un miroir.

Tu ne sais même pas si celui que tu vois se refléter devant toi te ressemble. Il se peut que ce soit toi, ou quelqu'un proche de toi. Un frère jumeau, un clone imparfait, une Alice dans le miroir, au masculin. À quoi doit ressembler un écrivain ? À ce qu'il écrit ? À ce qu'il n'écrit pas ? À ce qu'il pourrait écrire… Voilà ce à quoi tu ressembles, à ce que tu pourrais être, c'est-à-dire à rien de spécial pour le moment, un clown triste sans public qui ne sait plus pourquoi il devrait rire ou faire rire, qui pense que le tragique est hilarant. Ta vie est aussi creuse que ton œuvre, et tout aussi inexistante.
Une image du passé se forme dans ton cerveau, celle, un peu floue, d'un clown triste dans un petit cirque de campagne. C'est la première fois que tu vois un clown, et tu dois avoir 4 ou 5 ans. C'est le cirque Pinder, qui passe dans le village de ton enfance. Tu es avec ton père qui te tient par la main. Tu es habillé comme n'importe quel petit garçon de ton âge, un T-shirt Maya l'abeille, une culotte courte bleue et des chaussures à scratch.

Ta sœur n'est sûrement pas encore née.
Vous entrez dans les lieux, doucement. Tu découvres un endroit inconnu. Une grande tente circulaire, rouge et blanche, éclairée par la diffusion de la lumière du soleil, un cercle de sable au centre et des bancs en bois et métal tout autour. Une odeur jamais sentie. Un mélange de sueur et de copeaux de bois, de chèvres et de déjections félines. Vous êtes certainement les premiers , à en

juger par le vide ambiant, et connaissant l'angoisse de la foule de ton père et son amour de l'horloge et de l'ordre.

Tu ne te souviens plus si tu es impressionné ou effrayé, peut-être les deux. Tu aperçois une silhouette au milieu du cercle. Un homme dans un costume ridicule — est-ce qu'un enfant de quatre ans connait cette notion ? Sans doute que non, mais toi, plus tard, tu la connais. Une espèce de salopette trop grande et sans forme humaine, blanche avec de grosses étoiles vertes imprimées, et un chapeau conique blanc. Un visage maquillé de blanc avec de grosses lèvres rouges et des yeux cernés de vert. Est-ce un humain comme toi ? Si oui, c'est certainement un adulte. Mais pourquoi n'est-il pas comme tous les autres adultes ? Il est comme dans tes cahiers de coloriages, mais tu n'as jamais utilisé ces couleurs-là, ensemble, tu n'y avais jamais pensé. C'est atroce, tu as fait une erreur, tu n'as pas colorié la réalité. Il faut que tu corriges cette erreur, sinon ton père ne te le pardonnera pas ! Tu te figes devant cette créature inconnue et tu prends peur. Une angoisse profonde te remonte dans la gorge pour y former un nœud. Tu crois que tu l'entends parler, avec une voix tout aussi étrange que le reste de son être.

"Ha vous voilà enfin ! Installez-vous les enfants !"

Pourquoi il dit que mon père est un enfant ? Toujours figé, campé sur tes deux pieds minuscules, ton nœud dans la gorge redescend pour se coller dans ton ventre. Sa voix… Il n'y avait pas de son dans tes dessins… Il parle, comme dans le monde des adultes. Tu ne comprends pas. Des larmes sortent soudain de tes yeux, tu cries. Tu deviens rouge pivoine en quelques secondes.

Tout le monde s'étonne de ça, ton père, mais aussi cette créature bizarre qui n'est pas comme tu l'aurais voulu. Pourtant, il devrait savoir qu'il est vraiment trop bizarre pour ne pas pleurer et en avoir peur. Tu ne bouges toujours pas, et ton père a du mal à te faire décoller du sol pour te prendre dans ses bras. Comme toujours, il n'a pas su quoi dire pour te consoler, et tu as pleuré le reste de la journée, et probablement une partie de la nuit.

Et te voici, presque trente ans plus tard, toujours aussi effrayé par les clowns et toujours loin de la compréhension de ton père.

Tu sais juste que les choses ne sont pas comme dans ton imagination et que tu fais partie du monde insignifiant des adultes dorénavant. D'ailleurs, Ce monde a toujours aussi peu d'intérêt pour toi. C'est sûrement la raison de tes états insomniaques récurrents, un mélange de tes angoisses, de tes peurs, et de ton dégoût pour cet univers trop concret. Dans cet état entre réalité et imaginaire, tu es enfin toi-même. Tu sens et ressens davantage, tu vas plus loin, sans honte ni frontières psychiques ou sensuelles. Un peu de liquide Scotch vaporeux sur cette recette et l'évasion est totale !

Mais surtout, dans ce monde parallèle, *Claire n'est pas ta sœur.*

5. DANSE

Une danseuse répète dans une grande salle semi-obscure. Le visage de Claire se dessine en passant dans un éclat de lumière. Son corps tourne sur lui-même.

C'est une forme de danse contemporaine où les mouvements sont très fluides. Elle est en tutu blanc «classique», avec des longues chaussettes en laine blanche remontées au-dessus des genoux. La gestuelle est belle, harmonieuse, mais la danse en elle-même ne ressemble pas à du classique, ni à du contemporain, c'est un entre-deux.

La danse se fait de plus en plus rapide et de moins en moins fluide : le corps se casse, les gestes sont plus durs, une angoisse se ressent. Une expression de tristesse apparaît sur le visage de Claire, mêlée à de la peur.

Elle effectue un grand saut en grand écart puis se laisse tomber et glisse sur les genoux, tête baissée. Elle pleure.

6. INSOMNIES

Il y a quelque chose de morbide dans l'insomnie. Les nuits deviennent interminables, et les jours sont encore plus longs, avec toujours cette sensation bizarre d'avoir fait trois Paris-New York aller-retour et d'être en constant décalage horaire.

L'envie de dormir est là pourtant, mais le cerveau ne s'arrête plus. Il s'emballe, comme un cheval au galop, et toi tu te prends toutes les branches dans la tronche, sans pouvoir te baisser pour les éviter.

À force de ne plus dormir, tu entres peu à peu dans une phase étrange où tu as l'impression d'être dans un film au ralenti, les gens parlant comme un vieux magnétophone mal réglé, et tu as de plus en plus de mal à faire le distinguo entre vie réelle et fantasmes nocturnes. Tu ères dans cet état de coma éveillé et t'enfonces dangereusement dans une partie de ton cerveau que tu ne connais pas, une partie cachée de toi-même, entre inconscient et conscient, peuplée de clowns angoissants, de monstres, et de Claire.

À un certain moment, ne plus dormir n'est plus gênant, puisqu'alors le monde paraît plus irréel, plus fantasque, et que tous les scénarios deviennent alors possibles, même les plus fous, les plus inavouables, et qu'il n'y a plus à en éprouver la moindre honte. Les nuits n'appartiennent qu'à toi et à ton inconscient, avec lequel tu peux être en parfait accord, l'assumant parfaitement bien et ne ressentant même plus le besoin physique de dormir. C'est comme dans un rêve éternel dont on n'a pas besoin de s'échapper.

Une petite mort douce et bienfaitrice, ton enveloppe physique ne servant plus à rien d'autre qu'à t'autoriser une certaine joie d'onanisme de temps en temps, pour te calmer, n'en pouvant plus face aux projections mentales de ta sœur dans des situations érotiques qui seraient improbables, voire impossibles dans le monde actuel. Au final, cette stérilisation de ton monde te va bien, et tu finis par l'accepter.

7. DINER DE FAMILLE

Le souvenir est une image floue qui se forme dans ta tête. Voici ce dont tu crois te rappeler.

Une grande tablée. Toi, Oscar, tu es apparemment là, assis. Une autre époque, peut-être pas si lointaine que celle-ci. La scène te semble familière. À tes côtés, cette fille que tu as connue, Tania. En face de vous, Claire et un homme plus âgé que toi, Boris. C'est la première fois que tu le vois. Tu n'arrives pas vraiment à le décrire, ni là, ni avant, lorsque Claire te l'avait dépeint au téléphone. Il a le corps difforme et le cerveau amorphe de quelqu'un qui aurait mariné dans du formol pendant quelques dizaines d'années, à la manière d'un embryon de mouton à deux têtes sur une étagère de labo de chercheur du CNRS au jardin des Plantes. Lorsqu'il t'avait serré la main quelques minutes avant ce spectacle navrant, tu as senti ses doigts mous et placé tes yeux dans son regard atone, signe d'un esprit absent de sa boite crânienne et de muscles atrophiés. Le portrait d'un type qui ne sert à rien et n'est utile à personne. Pourquoi ta sœur, si parfaite sous tous les angles, se taperait un déchet de capote de son genre ? Boris, ainsi soit-il, est, évidemment, d'origine Russe, mais de loin et cet avorton est à l'opposé de ces grands guerriers tartares que tu imaginais gamin, planté devant tes livres de classe avec tes lunettes de binoclard noires modèle sécu. Voici, en face de toi, une moitié d'homme qui a la malchance de n'avoir pas le moindre atome d'adjectif qualificatif pour lui. Chemise Polo à grosses rayures vertes et blanches du plus mauvais goût, jeans mal coupé de chez Auchan d'une sous-marque de Levis, et chaussures bateau achetées au même supermarché. Voici l'objet de l'attention de ta sœur.
En bout de table, une vieille femme très chic, qui se trouve être votre mère à tous les deux. Et un brave homme à lunettes rondes

un peu perdu et absent, à la manière de Mort d'un Commis Voyageur, votre père. Il faut bien avouer que tu t'es toujours rassuré par rapport à tes fantasmes pour elle en te disant que votre chère mère a couché avec toute la planète et qu'elle l'a certainement trompé en te faisant toi ou elle… Ce qui arrangerait terriblement tes affaires, même si une certaine idée d'inceste planait quand même dans l'air chez certaines personnes bien pensantes. L'ambiance semble tendue. Tu restes relativement muet et tu regardes Boris comme si c'était un jouet pour chien qui fait pouet-pouet. Tu en oublies presque Tania.

Tania se trouve être une très jolie fille aux yeux verts lagon. Le hasard veut qu'elle ressemble à Claire, en blonde. Et c'est à quelques détails près le moteur de ton désir pour elle, avec le fait qu'elle possède la plus jolie chatte qu'il t'a été donné de voir. Une œuvre d'art. Tu aimerais connaître son esthéticienne pour la remercier de s'en occuper aussi bien. Tous les poils sont duveteux et alignés comme ceux de l'animal dont elle porte le nom de manière très justifiée, et, à la place de ceux qui ont été coupés — lesquels, la plupart du temps, viennent à repousser plus vite que prévu en créant de gros points noirs et quelques boutons rouge vif — tu as le bonheur inouï de sentir une vraie peau de bébé parfaitement lisse. Tu ne distingues même pas l'ombre d'un follicule qui aurait l'envie vicieuse de repousser. Ses lèvres sont fines et son sexe ne présente qu'une fente discrète, parfaitement bien dessinée et serrée, et il faut y aller de quatre doigts pour l'ouvrir et en découvrir ainsi la chair rose framboise. En réalité, Tania a gardé la chatte de ses quinze ans. Elle a ce style aristo-catho qui ne manque pas de t'exciter de temps à autres. Son petit sac Prada, ses bonnes manières, l'amour de son prochain, sa politesse en société, ses parents dans leur maison à Neuilly, les grands dîners de famille. Toutes ces images s'amassent dans ton cerveau quand tu la regardes te sucer avec gourmandise.

Cela faisait quelques mois qu'elle partageait ta vie. Elle devait donc te trouver un intérêt quelconque, si tant est qu'il soit possible de t'en trouver un, à part le côté apparemment sexy d'un écrivain névrosé au destin antihéroïque d'un mauvais roman de gare, publié aux éditions Fleuve Noir. Pour autant, tu crois savoir qu'elle ne sera pas avec toi pour toujours, car tôt ou tard elle se rentra compte de tes penchants incestueux pour ta sœur, ou simplement sera-t-elle lassée du fait que tu n'essayes jamais de la comprendre. Ce n'est pas que tu te désintéresses d'elle, mais tu sais juste que tu es aveugle à la plupart des voyages intérieurs des femmes que tu côtoies. Par conséquent, un jour ou l'autre, elles se lassent de ton manque d'insistance à leur égard. Même si Wilde disait que les femmes ne sont pas faites pour être comprises, mais aimées, il te semblait bien que, dans certains cas, il leur fallait une certaine dose de compréhension de ta part. Mais toi, égoïstement, tu profitais de la situation avec cette petite Tania, et plus précisément de son entrejambe.
Lâche que tu es.
La situation est cocasse. Ta sœur et sa version politiquement correcte, légitime, son mec, le faux Russe façon loukoum, les fantômes de tes parents et toi, le miroir de toi-même.

Tania, à tes côtés, est de plus en plus gênée. Tes parents en bout de table ne disent rien non plus. Tout à coup, ta mère s'exprime, pour briser la glace.

Ceci est un extrait de vos échanges.

Mère
Et toi… Boris, c'est ça ?

Boris, gêné et intimidé
Oui Madame.

Mère
Que fais-tu dans la vie ?

Boris
Je travaille dans un garage.

Tu lèves les yeux au ciel. Ta sœur te fait
les gros yeux, un peu complices tout de même…

Mère, d'un air un peu blasé et avec
un dédain non dissimulé
Ha… ? Oui pourquoi pas.

Vous souriez, toi et ta sœur.

Boris, essayant de plaire à votre mère
Mais je ne répare que des voitures
de collection, des vieilles Jaguar
principalement…

Mère, totalement désintéressée, avec
un accent bourgeois
Oui, oui… Des Jaguars…

Claire
Maman !

Tu souris encore. Boris te regarde, essaye de
trouver un regard allié, mais tu détournes
encore le regard. Claire boude un peu.

Claire
Oscar !!

L'ambiance pèse de plus en plus. Votre père, toujours muet, prend la bouteille de rouge et ressert le pauvre Boris, puis le reste des convives. Tu bois ton verre d'un trait et reprends la bouteille qu'il vient de poser devant lui. Tu te sers un autre verre que tu bois presque aussi vite. Ton père et ta mère se regardent, désarmés et navrés. Ta mère soupire.

Père
Tu ne crois pas que tu y vas un peu fort sur la bouteille, mon fils ?

Toi
Il parait.

Mère lève les yeux au ciel. Tania passe sa main gentiment dans tes cheveux, et tu reprends un verre.

Tania, de mauvaise foi, mais essayant de te défendre.
Il ne boit pas tant que ça, vous savez.

Mère
Je le connais depuis un peu plus longtemps que vous, quand même… Et je sais si mon fils est heureux ou pas, et en ce moment, il ne l'est pas…

Toi, totalement agacé
Maman, arrête !

Père
C'est vrai quoi, pourquoi tu ne nous dis pas quand ça va pas ?

Claire et Tania, presque synchrones
Mais il va très bien !

Les deux jeunes femmes se regardent, Claire
commence à s'agacer aussi. Elle a un regard
complaisant vers toi, puis un autre un peu
dédaigneux vers Tania, qui le lui rend.

Toi
Oui voilà je vais très bien, tout
est super !

Mère, d'un ton très sec
Cela dit, c'est un peu normal d'être
comme ça, avec toutes les horreurs
que tu écris ! Je me demande où tu
vas chercher tout ça.

Tu n'as aucune réaction. C'est ta seule
protection contre elle.

Claire
Laisse-le tranquille maintenant
maman !!

Tu reprends encore un verre.

Toi, à Tania
On part ?

Tu n'attends pas vraiment de réponse et te
lèves. Tania, plutôt gênée, se lève aussi.

Tania
Merci madame, c'était très bon.

Votre mère sourit un peu jaune. Tu t'avances
vers ta sœur et l'embrasses sur la joue très
près de la bouche. Tu aimes l'embrasser à
cet endroit devant tes parents.

Claire
Ne t'inquiète pas, ne fais pas
attention, je t'aime moi.

Tu jettes un regard à tes parents, sans
attitude aucune. Tu regardes Boris. Tu le
salues sans conviction, en espérant ne jamais
le revoir. De fait, tu ne le reverras plus.
Boris sourit. Nous quittons les lieux.

Le diner est fini.

8. UN MENSONGE

Le soir même, Tania à côté de toi dans ton lit. Les araignées dansent au plafond sur un air de David Bowie. Tu as l'impression que ton crâne n'est rempli que de la matière grise collante appelée toile dégobillée par les mandibules de ces arachnides.

Tu imagines cette scène entre ta sœur et cet avorton irradié de Tchernobyl que tu viens de rencontrer. Voici comment tu la vois.
Ils sont dans une chambre d'hôtel de luxe, probablement le Meurice. C'est qu'il doit être riche ce salaud avec ses trafics de voitures de collection… Toi, tu ne seras jamais riche, tu n'as pas le moindre talent avec l'argent. Lui, c'est le gendre idéal, riche, con et poli.

Boris est au premier plan, derrière lui, Claire est assise, belle, les cheveux mouillés, lascive, les pieds nus sur la table, et grignote devant la télé. Des fraises Tagada, qu'elle adore.

Boris répond à son téléphone, il parle doucement.

Oui, oui ma chérie… Oui je suis désolé, je sais que je   te délaisse ces derniers temps, mais le boulot… Tu sais que je ne peux pas faire autrement… J'ai dû aller en Champagne voir la collection de M. Duschamps.

Tu refais la mise au point sur Claire, derrière, qui a l'air heureuse et mâchouille goulûment. Boris continue de mentir à sa femme, mécaniquement. Il raccroche.
Claire lui demande si elle y a cru et qui est Duschamps. Boris réponds que oui, c'est bon, et que Duschamps n'existe pas. Voici ce qu'ils se sont dit. Claire te le racontera plus tard au téléphone.

Claire
Quand même, c'est pas très cool.

Boris
Je suis ignoble… (il sourit)… Ignoble
à cause de toi !

Claire, ironique
Bien sûr… Je suis irrésistible !

Ça, toi tu le sais.

Boris se retourne vers elle. Il se place face
à elle, entre ses jambes, en prenant sa chaise
et en la faisant pivoter vers lui. Elle rit.
Il se rapproche pour l'embrasser et la fait
tomber en arrière. Il est maintenant sur
elle, la chaise sous eux, et ils continuent
à s'embrasser frénétiquement sur le sol.

Tu ne veux pas imaginer la suite.

9. DISPUTE

Tania et toi êtes dans la rue, un soir ou deux après ce dîner morose chez tes parents. Tu es muet, comme souvent. Elle fait sa petite moue que tu aimes bien, quand elle s'interroge sur un truc ou qu'elle n'est pas contente, ou encore lorsqu'elle cherche une explication à tes virées nocturnes par exemple. C'est un signe qui ne te trompe jamais, alors tu fermes les écoutilles et essaye de prendre un air attentif. Souvent, tu sais déjà ce qu'elle va te dire. En général, pour une raison dont tu n'as pas encore trouvé la cause, cette moue qu'elle fait avec la bouche t'excite et tu te mets à bander immédiatement. Ce qui est le cas ici. Vous échangez.

    Tania
    Sympa ta famille…

    Toi
    Oui… Tu sais, je ne l'ai pas vraiment choisie…

    Tania
    Ta sœur non plus…

    Toi
    Pas plus.

    Tania
    Pourtant, avec elle, c'est différent…

    Toi
    Elle me comprend.

Tania
Et moi ?

Toi
Et toi ?

Tania
Moi justement… Je suis quoi pour
toi ?

Toi, à peine étonné de la question
Toi… Tu es là. Pourquoi ?

Tania
Oui, justement, je suis là ! Mais
tu n'as pas l'air de t'en soucier
beaucoup…

Toi
Pourquoi ça devrait être un souci ?

Tania
Tu sais très bien où je veux en
venir, je suis transparente pour
toi ! Tu ne dis jamais rien !

Toi
C'est qu'il n'y a rien à dire, et tu
veux que je dise quoi ?

Tania
Des trucs que l'on dit à une
fille,   regarde avec ta sœur, c'est
pas pareil, vous êtes complices…

Toi
Avec ma sœur, ce n'est pas pareil…

Tania

Oui justement, c'est mieux !

Toi

Je n'ai pas dit ça !

Tania

Non, mais tu l'as pensé !

Toi

Mais non ! Et puis, laisse-la en dehors de ça !

Tania

Et puis tu as vu comment tu es avec elle ? Comment tu l'embrasses !?? Même moi, tu m'embrasses pas comme ça !

Toi

Mais bien sûr que si !

Tania

Ha ! Tu vois, tu embrasses ta copine comme ta sœur !!! C'est bizarre !

Toi, dépassé, comme toujours dans ces cas là.
Bon là, je ne comprends pas du tout où tu veux en venir…

Tania, outrée

Justement ! Bon, laisse tomber… Cela dit, c'est une belle fille…

Elle boude de plus belle, et toi tu bandes encore plus dur. Vos deux silhouettes s'enfoncent dans la nuit.

Tu marches tout droit les mains dans les poches. Tania te rattrape et te prend le bras. Elle colle sa tête sur ton épaule. Tania est une fille compréhensive. Toi, tu penses au petit bonheur que tu vas avoir en la baisant ce soir.

Notre Dame de Paris depuis le Pont de l'Archevêché.

10. DÉLIRE ÉTHYLIQUE

Tu es au milieu de la rue, complètement ivre. Du moins c'est ce dont tu crois te souvenir. Il est 5h du matin environ. Tu portes ton vieux costume habituel et des étranges oreilles de lapin rose géant, ainsi que ta vieille amie, ta bouteille de Scotch presque toujours vide à la main. Tu te lances dans un monologue incompréhensible et délirant.

> Elle était là, debout devant moi
> Complètement nue, elle venait
> d'enlever sa petite robe noire YSL…
> je… je-heu… … … heuu ……… (il titube)
> …… L'homme… L'homme… L'homme……… La
> fille… la fille……… Il fait chaud… Trop
> chaud. J'ai froid… la fille était là,
> nue, nue… nue… … … Totalement nue……
>
> Je tombe… Qui es-tu ?

Tu jettes ta bouteille dans la Seine au loin, depuis le pont.

Tu titubes Oscar, retiens-toi à quelque chose pour ne pas tomber. La rambarde, c'est solide ça une rambarde. Elle va te maintenir debout, c'est bien. Ton regard est vide comme celui d'un alcoolique. Ils l'ont tous. Tous le même regard. L'alcool brûle toute volonté, puis il s'évapore avec la matière grise. Tu râles. Tu marmonnes.

Rencontre avec Tania/Anaïs Parello au Café Hugo.

Le café Hugo, place des Vosges.

11. CAFÉ HUGO

Ton café préféré. Place des Vosges, Paris.
Un mal de crâne terrible te compresse les
neurones et en fait de la purée de pois.
Tu penses que l'inspiration te vient ici,
plus qu'ailleurs. Tu aimes jouer ton rôle
d'écrivain. C'est d'ailleurs là que tu as
rencontré Tania, grâce à ce déguisement.
Elle, étudiante en littérature à Paris III,
Sorbonne Nouvelle, démarrant dans la vraie
vie et toi, qui ne sert à rien dans ton
costume froissé et avec ton air faussement
inspiré.

Même en fuyant ses regards et en te donnant
ce genre médiocre et méprisant des Parisiens,
elle vient vers toi. Tu impressionnes sa
candeur en parlant de Musset, de sa vie
dissolue, celle que tu aurais aimé avoir.
Wilde aussi. Tous des marginaux et des génies
de la plume. Ils avaient de l'encre dans le
sang, toi non. Toi, tu es pitoyable avec les
mots et les femmes. Tu es odieux, mais elle
semble aimer ça. Sa jeunesse se dit qu'elle
a besoin d'un homme comme toi, un artiste.
Quelle blague ! Pauvre Tania.
Et toi, tu ne sais toujours pas qui je suis,
ni qui tu es, ensablé dans tes mensonges et
tes faux-semblants. Je suis en face de toi,
et tu me regardes sans me voir, droit dans
les yeux.

Qui suis-je ? Oscar…
Mon maquillage rouge et blanc me coule sur
les yeux et dans la bouche, mais je peux
te regarder en face, car je suis ton seul
ami, et celui que tu redoutes le plus au
monde. Je suis laid. Je suis ta peur. Tu
devrais apprendre à me regarder. Tu devrais
apprendre à m'aimer. Je suis une œuvre de
Bernard Buffet. Je suis le clown de Buffet.

Regarde-moi.

Regarde-moi.

Regarde-toi.

12. MOI, LE CLOWN

Tu t'es encore endormi sur ton canapé, pauvre larve que tu es devenu. Moi, le clown, suis encore à tes côtés. Fidèle. Je n'ai pas le choix. Je suis obligé de supporter ta paresse et tes insomnies. Mon maquillage est passé, coulant. J'ai des cheveux longs et gras, clairsemés. Je te ressemble. Je m'approche de ton visage en grognant, comme devant un gros gâteau. Je me rapproche encore un peu plus et te lèche la joue en bavant, de bas en haut jusqu'à l'oreille. Tu murmures comme dans un cauchemar, mais tu ne te réveilles pas.

Le vieux clown sale que je suis te lèche encore la joue, encore plus lentement. Cette fois tu te réveilles brusquement en hurlant de dégoût. Je te regarde en riant, d'un rire flippant, Tu tournes la tête vers moi et hurles à nouveau, comme si ton cauchemar continuait. Tu te frottes la tête croyant rêver encore. Cette fois-ci, tu me vois plus distinctement. Tu refermes les yeux, grognes. Quand tu les ouvres à nouveau, ta vision est enfin partie. Tu pousses un soupir de consolation et vas te servir un Scotch en ramassant une bouteille par terre. Tu prends des pilules sur une table près de ta machine à écrire et tu bois cul sec. Tu t'assois, je t'apparais à nouveau sur la chaise à côté de toi. Je te tends un verre pour trinquer.

    - À nous !

Tu prends à nouveau peur. Mais tu te reprends et trinques avec moi, sans me regarder. Tu crois rêver. Difficile de croire à un clown.

13. HÔTEL QUATRE ÉTOILES

Claire et Boris sont nus sur un lit dans leur chambre d'hôtel.
Lui est allongé en position de fœtus. On ne voit pas son visage. Elle est assise sur le bord du lit et en appui sur les coudes, la tête baissée.

Boris

Il va falloir trouver un schéma pour ça, sinon je vais te perdre et perdre ma femme.

Claire, mentant visiblement, avec une expression étrange.

Ne t'inquiète pas, je serai toujours là, moi.

Boris

Parle-moi de ton frère, Oscar, c'est ça…?

Claire

Pourquoi ?

Boris

Comme ça… (inquiet) Vous semblez plutôt proches.

Claire, faisant une pause

On a toujours été inséparables, depuis toujours. Je suis un peu plus jeune que lui, de quelques années. Souvent, il n'y avait que nous deux… Pour lui, j'ai toujours représenté les femmes, toutes les femmes. Même encore maintenant. Je suis sa petite sœur, c'est normal. Il n'a jamais supporté de me voir grandir, et prendre ces formes de femme.

Elle montre ses seins et les caresse un peu.

Et surtout pas le regard des autres
hommes. Non, ça il aimait pas. Pour
lui, j'ai toujours été à lui.

Boris
Et ce n'est pas le cas ?

Claire ne répond rien. Elle fait une petite
moue boudeuse et regarde ailleurs.

Claire, changeant de sujet
Oscar a un père argentin qu'il ne
connait pas. Quand mon père a
rencontré notre mère, elle était déjà
enceinte de lui. Il l'a reconnu
quand même, par amour. Oscar ne l'a
su que bien plus tard, et moi encore
plus tard. C'est sûrement pour ça
qu'il a toujours été mystérieux.

Tania…

14. JALOUSIE

Revenons à toi, Oscar. Tu es avec Tania chez toi. Elle semble à nouveau très fâchée et affiche encore cette petite moue totalement irrésistible.

Tania
Règle tes problèmes !!! Je ne peux rien pour toi !

Toi
De quoi tu parles !? Je n'ai pas de problèmes !

Tania
Ha oui !? Tu parles !! Je n'existe pas pour toi ! Tu es toujours à me reprocher de… de… (elle s'arrête)…

Toi
De quoi ?!! De rien !!

Tania
De… de ne pas être comme ta sœur !

Toi
N'importe quoi ! Tu rêves !

Tania
C'est moi qui rêve maintenant !?? Regarde-toi !

Tania sort en claquant la porte. Tu es toujours à moitié inerte. Évidemment, tu te sers un verre de Scotch et le bois cul sec, avec quelques dragées de Prozac.

15. CABARET

Un souvenir, mais tu n'en es pas certain.
Il se peut que tu aies imaginé cela.

Tu portes un chapeau et entres dans un club
de strip-tease.
Tu es habillé «années 30», très chic.
Sur la scène, une fille qui ressemble à Tania
danse et se trémousse. Elle tourne autour
de la barre de danse. Tu la regardes avec
envie. Tu s'assois à une table près de la
scène. Immédiatement une serveuse arrive. Tu
commandes un scotch. La danseuse vient vers
toi. Elle danse de plus belle, pour toi, et
tu lui glisses un billet dans le string.

On entend soudain des bruits sourds de
machine à écrire crescendo qui deviennent
angoissants. Tu commences à transpirer et à
trembler. La danseuse a l'air effrayée, mais
continue sa danse. Tu as des convulsions, tu
te relèves et tombes. La serveuse accourt
vers toi. Ta vision est maintenant très floue.
Les gens s'inquiètent autour de toi. Ils
ne savent pas que tu es bourré de formules
chimiques contre tout et rien…

La danseuse a arrêté de danser. C'est une
jolie blonde qui, du moins de ce que tu peux
entrapercevoir, pourrait ressembler à ta
sœur. Elle semble te regarder. Tu sombres.

Plus tard, tu retrouveras cette fille au café
Hugo et elle s'approchera de toi. Elle ne
te mentionnera jamais qu'elle te connaissait
déjà, car elle a honte d'être ici, et qu'elle
sait que tu ne comprendrais pas. Tania est
donc aussi danseuse, mais pas comme ta sœur.
Pour elle, ce n'est pas un métier, c'est un
rêve las, juste un moyen d'exister.

Mais toi, tu n'as jamais fait attention à
elle, car elle n'est pas comme ta sœur, pas
complètement.

16. TANIA

Tania, l'étudiante…
Pauvre Tania. Elle a ramassé la pauvre merde que tu es dans le caniveau. C'est une battante, un oiseau en plein envol. Un ange. Une incroyable puissance érotique se dégage de sa candeur.

Elle s'est battue toute sa courte vie pour se frayer un chemin jusqu'à toi. Elle danse toutes les nuits pour se payer ses études, et ne pas avoir l'air d'une sotte en parlant de l'Oulipo ou de Dada.

Elle aussi est danseuse, mais elle danse dans les bas-fonds et pas dans les étoiles. Son corps n'est pas aussi élancé que celui de ta sœur, mais elle est sexuelle et bien faite elle aussi, et tout aussi désirable. Elle est donnée en nourriture visuelle tous les soirs à des rapaces idiots, nue et chair, et même toi y retournes de temps en temps, ivre de chagrin, et tu fantasmes sur cette fille avec les autres oiseaux de nuit.

Pourtant, cette fille est dans ton lit et tu ne la regardes pas. Embué par ta misère, tu ne la reconnais jamais. Elle plait aux hommes, mais pas à toi. Elle n'en a pas les armes. Elle a supporté ton entêtement, a entendu tes complaintes de soulard, a essuyé ton vomi, mais elle ne peut pas se refléter dans tes yeux.

Et fatiguée de lutter et de toujours arriver perdante, croyant à juste titre la bataille avec Claire perdue d'avance, un jour ou l'autre, elle te quittera.

17. REFLET DU MIROIR

Tu es à nouveau seul chez toi et te regardes dans le vieux miroir de ta salle de bain. Tu t'observes comme si tu étais quelqu'un d'autre et semble douter de ta propre identité. Pas étonnant. Tu ouvres la porte de ton meuble, ton visage se déformant dans le reflet, prend une boîte de pilules, et en avalent mécaniquement quelques-unes.

Tu te dis dit à toi-même, très doucement :

   - Qui es-tu ???

Tu te regardes à nouveau. Tu souris.

Derrière toi, dans le miroir, je réapparais, mais tu ne me remarques pas. Tu vas te rassoir devant ta machine et prends la bouteille de scotch en passant. L'alcool t'assomme, te neutralise, mais ne t'endort pas.
Tu grognes et tapes le nom de ta sœur : CLAIRE.

Ta vision devient floue, tu entends ton cœur battre doucement. Le son de ton cœur devient de plus en plus fort. Tu aperçois une silhouette de femme qui passe du flou au net. Tu crois distinguer Claire à moitié nue te faisant signe de venir vers elle. Tétanisé, tu restes immobile, cligne des yeux. Puis il n'y a plus rien.

À sa place, il y a moi, ton ami le clown. Tu sursautes, te reprends, te redresses sur ta chaise, prends un pot de correcteur, et corrige. Tu retapes, prends un air inspiré :

JE NE CONNAIS PAS CLAIRE, ET ELLE N'EST PAS MA SŒUR.

18. PONT DES ARTS

Tu es seul, dans une ruelle, vers le pont des
Arts, devant ce qui semble être une maison
d'édition. Tu es à nouveau complètement saoul.
Tu appuies frénétiquement sur un bouton de
sonnette, mais personne ne répond. Tu ne
réalise pas qu'il est environ 6h du matin,
mais tu insistes. Tu hurles.

- Je vais le finir ce putain de bouquin !!

Tu titubes, tombe sur les fesses, te relèves
en grognant vexé.

19. BORIS

Claire marche dans la rue. Elle a l'air plutôt heureuse, comme souvent. Elle est habillée simplement, un jeans et un t-shirt blanc Petit Bateau.

Un homme semble la suivre. Elle fait signe à un taxi, mais il ne s'arrête pas. Elle traite tout bas le taxi de connard et boude un peu. Derrière elle, l'homme se rapproche. Il porte un costume noir et un pardessus, le style banquier. Elle accélère un peu le pas.

La nuit est sombre, et l'idée d'un homme l'interpellant n'est pas rassurante. L'homme trottine dans ses souliers vernis bon marché et l'interpelle avec les mots idiots de quelqu'un qui ne sait pas s'adresser à une inconnue dans la rue. Il faut un certain talent pour ça. Pourtant, Claire, intriguée, s'arrête. Elle tourne la tête vers l'inconnu, le fixant du regard. Lui, qui ne s'attendait pas à un si beau visage et qui avait été attiré par une silhouette de femme bien faite, s'arrête en plein vol et manque de glisser sur ses semelles en bois lisses. Le ver de terre ne sait pas quel mot prononcer, et comme souvent les simples d'esprit dans de telles situations, il lui dit son nom.

    - Boris, et vous… ?

Pour une raison inconnue, Claire esquisse un sourire.

L'homme est pris dans le filet.
Tant pis pour lui.

20.   LANZAROTE

Tu es là, perdu au milieu d'un paysage
lunaire, tu portes ton costume fripé. Tu te
demandes ce qu'il t'arrive. Tu tournes un peu
autour de toi-même. Soudain, tu vois, du flou
au net, la silhouette grasse et épaisse de
ton éditeur. Vous vous toisez. L'autre homme
prend un air étonné puis ses yeux se chargent
de mépris. Tu le regardes, sans expression
aucune. Sans rien dire, il disparait derrière
les dunes noires.

Tu te réveilles dans ta chambre. Tu t'es vomi
dessus. Soudain, tu sens que tu bandes. Tu
ne vois pas du tout pourquoi. Que veut dire
ce rêve idiot ? Que fait ton éditeur sur
cette île volcanique où tu n'es jamais allé.
L'odeur de vomi te dégoûte, et tu bandes de
plus belle. Ton corps n'est plus en phase avec
toi-même, ton esprit non plus d'ailleurs.
Quelle est l'idée qui peut te faire bander à
ce point et de manière totalement improbable
?

Tu te déshabilles complètement, fais une
boule de tes vêtements souillés et jettes
le tout à la poubelle. Tu pourrais presque
y mettre le feu. Le drapeau toujours levé,
tu te diriges vers ta douche. L'eau te coule
maintenant sur le corps. Content de cette
sensation saine et fraîche, tu regardes
ce membre fou avec interrogation. Est-ce
possible qu'il se soit dissocié du reste
de ton corps ? Pourquoi ne répond-il plus à
ta demande ? Et surtout, surtout, pourquoi
bander à la vue de ton éditeur ? Bref, pourquoi
tu bandes ? Devrais-tu lui parler ? Tu te
dis qu'il doit y avoir un rapport avec ce
livre que tu n'as jamais commencé. Ce second
roman que te réclame ce gros porc d'éditeur,
qui devrait absolument être prêt pour la
«rentrée littéraire»… Quel concept débile,
une rentrée pour la littérature. N'importe
quoi. Il y a une rentrée pour tout, et c'est
de plus en plus tôt ! Déjà, en juillet, les
supermarchés osent afficher des articles pour

la rentrée, c'est ridicule ! Et maintenant, le Monde titre «la rentrée littéraire» dans son supplément d'hier, comme si, à la manière de la rentrée des classes, nous écrivains étions toujours avec notre petit cartable à se préparer à s'acheter ses petits stylos, ses feutres, pour faire ses devoirs et bien commencer son année… Et le «best-seller» arrive bien avant les résultats des ventes, le jour de sa sortie en librairie… Un bon éditeur sait déjà quel livre de quel sous écrivain va se vendre mieux que les autres. Toi non, mais lui oui.

Tu bandes toujours et ne comprends toujours pas pourquoi. Tu t'interroges.

Mais oui, ton corps essaye de communiquer, c'est certain ! Que cherche-t-il à te dire ? Que tu es sur la bonne voix pour ce roman ? Non, ça doit être autre chose. Claire ! Mais oui, c'est elle ! Tu la visualises dans ton esprit. Tu vois ses seins en gros plan devant toi, ses superbes seins, hauts et fiers, fermes et avec ce petit goût sucré que tu imagines. Ils ont un duvet blond très discret, et des aréoles parfaitement bien dessinées, d'un cercle aussi rond que celui du goulot de ta bouteille de Scotch. Tu les lèches maintenant. Et sa bouche, sa jolie bouche bien ourlée, pulpeuse… Tu bandes encore plus dur. On s'en fout que ce soit ta sœur ! Toi seul le sais maintenant. Tu es seul chez toi.

Qu'ils aillent au diable avec leurs idées reçues !

Tu empoignes ce membre désorienté de la main la plus adroite et commences à honorer ta sœur de la manière la plus honnête du monde et la moins risquée. Tu es doué pour ça. Très vite, tu te vides entièrement sur le mur carrelé, et sur ses seins et sa bouche, et elle vient lécher jusqu'à la dernière goutte de ce précieux liquide laiteux. Épuisé, tu ressors de la douche et te sèches à peine, puis tu retournes te coucher.

21. UNE RUPTURE

Claire s'entraine sur la piste. Tous les sièges sont vides. La danse est gracieuse. Elle semble heureuse.
Un homme s'approche du bord. Boris affiche le visage fermé d'un homme qui a des choses à cacher. Ses petits yeux rentrés se distinguent à peine.
Elle l'aperçoit et continue à danser. Elle vole, performe une série de lancers et de sauts. Elle va vers l'opposé de Boris, vers le fond de la scène, pour prendre de l'élan. Elle refait ses sauts en grand écart et se jette par terre en glissant sur ses genoux. Cette fois, elle se laisse glisser avec suffisamment d'élan pour se projeter dans les bras de Boris qui tombe en arrière. Il semble un peu surpris et ne sait pas comment réagir.

Boris

Mais tu es folle !

Mon costume Kenzo, merde !

Claire s'arrête soudain de rire et se relève brusquement. L'effet que lui faisait Boris vient de changer radicalement. Elle voit maintenant un homme gris, sans saveur. Le masque tombe, comme souvent chez les hommes qu'elle a côtoyés. Elle n'arrive jamais à les trouver intéressants sur une période longue. Pire, elle se demande ce qui a bien pu lui plaire au moment de la rencontre, et si elle ne se donne pas à eux simplement par réaction, pour leur plaire et donc se plaire à elle-même. Les hommes ne sont que des miroirs, rien de plus. Ils peuvent répondre à quelques envies primaires ou reproductives, mais c'est suffisant, pour un temps. Leur intérêt s'efface après quelques jours, ou parfois quelques heures.

Elle part dans sa loge. Elle ne reverra plus Boris.

22. MACHINE À ÉCRIRE

Tu possèdes une vieille machine à écrire, une Addler que tu as acheté pour presque rien à une brocante belge lors d'une visite à une amie à Bruxelles. Cette machine est faite pour toi, et elle te correspond mieux qu'un ordinateur. Ton éditeur t'a toujours poussé pour que tu écrives sur un ordinateur, en utilisant, selon ses termes, «des techniques modernes et en arrêtant de le faire chier à devoir payer quelqu'un pour recopier tes conneries dans Word juste parce que t'es un putain de casse-couilles» !

Mais il n'en est rien. L'avantage de ta vieille Addler, outre le symbolisme que tu y trouves et le fait, par exemple, que ce soit la machine de Jack Nicholson dans Shining, est qu'elle est là que pour l'écriture. Contrairement à un ordinateur qui sert à tout et à rien, elle, elle n'est là que pour l'écriture. Tu ne peux rien faire d'autre avec, rien. Mieux, elle est solide, faite de métal lourd et épais, et elle ne craint pas l'eau, ni le whisky versé dessus. Bref, elle seule peut vivre avec toi. Pour finir, elle fait partie, comme une guitare Fender, un Stradivarius ou un Leica, d'une lignée d'objets mythiques qui traverseront les époques sans prendre une ride. Alors qu'un ordinateur, au bout de trois ans, il faut le changer. Elle, c'est une vieille relique. Certes, elle a quelques caprices dus à son âge, mais elle n'a pas pris une ride et elle a eu la force de vivre encore sans se retrouver à la benne. Et c'est pour ça que tu l'aimes. Tu l'aimes aussi parce que tu peux la détester et lui donner tous les maux, comme la rendre responsable de ta cécité créatrice par exemple, ou même lui parler, l'insulter, la traiter de vieille salope, lui casser une bouteille de Whisky sur la tronche, lui vomir dessus au retour de tes virées nocturnes inconscientes et improbables.
Mais elle, le lendemain, elle restera, fière et indestructible, contrairement à tout autre

objet ou être vivant sur terre, contrairement à une femme. Tu sais aussi qu'elle possède une âme, celle du Festin Nu de Burroughs par exemple, car tu l'a vue te parler, te répondre quelques fois, et prendre cette forme de gros insecte coléoptère qui bouffe de la merde, car oui tu lui en donnes de la merde, et elle aime ça en plus !

Tu es assis devant elle. Tu tapes frénétiquement sur les touches en espérant que la magie opère. Tu lui parles, tu grognes, marmonnes, tu essayes de faire sortir la purée de ta cervelle éthylique. Ton cerveau coule, tu as noyé le moteur dans l'alcool. D'un coup, tu t'arrêtes, soupires comme un animal attaché et résigné à mourir et tu trouves la solution du moment, de tous ces moments là : ta bouteille de Scotch.

Tu fouilles dans tous les cadavres sur le sol de ta cuisine. La voilà ! Tu bois au goulot. Tu reposes ton cul devant ton Addler, tu reprends, écris n'importe quoi tel quel en haut de casse. Tu bois encore, vides toute la bouteille, te relèves, donnes un grand coup de pied dans la table. Tu te fais mal, grognes, traite Addler de salope et sors de chez toi en claquant la porte, comme si c'était une femme.

J'apparait à nouveau, moi le clown au maquillage incertain et coulant. Je suis ton image. Assis à ta place, devant elle, cette salope d'Addler, et lis ce que tu viens d'écrire.

- N'IMPORTE QUOI.

C'est exactement ça.

23. CUBA UN JOUR

Un soir. Ta notion du temps est fluide comme les molécules d'alcool qui diluent ton sang. Le téléphone te sort de ton semi-coma. Claire est de retour de Cuba. Elle semble tout excitée.

Tania est déjà endormie. Tu la laisses à ses songes pour aller écouter une aventure cubaine dans un bar parisien au nom communiste que vous fréquentez de temps en temps.

Arrivant au bar, tu réalises que cela fait surement des jours que tu n'es pas sorti de chez toi. Voyant tous ces fantômes autour de toi, tu te dis que tu comprends pourquoi.

Le serveur te reconnait et il te sert un pichet de rouge, sans que tu le lui demandes. Il y a du bon à avoir des habitudes. Ton estomac te rappelle que tu n'as pas mangé non plus depuis que tu es enterré chez toi. Tu regardes ton hôte et lui pointe du doigt un panneau au-dessus de lui où il est inscrit, façon vieux Paris, rillettes d'oie. L'homme ferme le point et lève le pouce pour te signaler qu'il a compris ton message. Heureux de cette complicité avec un cerveau que tu estimes plutôt bas, tu t'adosses au bar, dos à lui.

Elle entre. Tous les êtres masculins et féminins de ce lieu sombre cessent immédiatement toute activité mentale et physique, se figeant dans le temps comme une photographie.

Cuba l'a rendue encore plus belle ! L'île magique a doré sa peau et a donné des ondes à ses cheveux. Tu penses à la Consuela Castillo de Philip Roth, cette superbe cubaine de la Bête qui Meurt. La scène est presque pornographique.

Toi, pour une fois, tu es trop fatigué et affamé pour penser au sexe. Et tu es ravi de retrouver ta petite sœur, tout simplement. Les autres par contre, ont les yeux vitreux du lapin d'Albanie en rut. Pas étonnant. Tu es fier de connaitre cette fille.

Elle s'avance vers toi avec un sourire magnifique de bonheur et de blancheur. Elle se jette dans tes bras. La serrer dans tes bras est ton seul bonheur depuis que tu te bats avec ta foutue machine à écrire et ce con de clown.

Dévorant tes rillettes, tu l'écoutes avec attention te parler des couleurs cubaines, de ses habitants si accueillants, des sons mélodieux, des odeurs de piment et de rhum, et du fait qu'elle n'a jamais aussi bien dansé, car le lieu la portait littéralement. Le soir, elle devait sortir avec un ou plusieurs danseurs de la compagnie, car sinon, on ne la laissait pas tranquille dans la rue. Tu esquisses un petit sourire, car c'est exactement ce que tu imaginais. Tu t'étonnes même que Fidel l'ait laissée rentrer chez elle…

Elle te dit qu'elle t'emmènera à Cuba, que tu t'y sentiras bien et que tu seras inspiré pour écrire là-bas. Et que tu craqueras pour ces beautés noires.

Tu savoures ce moment précieux. Ses paroles sont comme des notes de musique et tu apprécies son amour des choses simples de la vie, car cela te dépasse complètement. Sa capacité à être heureuse de tout est revigorante et déjà tu te sens mieux. Tu te souviens que, enfant, tu allais la voir dans sa chambre à chaque fois que tu sentais de la tristesse en toi, ce qui était souvent le cas. Tu as toujours été le cygne noir et elle, le cygne blanc. Une fois encore, elle te sort de ta torpeur, en étant simplement elle-même, ce cygne blanc superbe et pur qu'elle a toujours été. Et tu as la chance inouïe d'être là avec elle ce soir. Tu réalises alors que sans elle, tu n'existerais certainement pas.

24. EXPOSITION DE PHOTOGRAPHIES

Un autre souvenir. Vous voici tous les deux, toi et ta sœur, à la Maison Européenne de la Photographie.
Claire semble très heureuse et toi, comme à son habitude, tu prends ton air un peu lunaire. Elle porte une petite robe d'été de couleur claire à motifs discrets, jambes nues et des chaussures à talons rouge vif. Et toi, un costume simple et assez chic.

    Claire
    C'est magnifique !

Tu souris, mais ne réponds rien. Claire vient t'enlacer par-derrière, elle te fait des bisous tendres dans le cou.

    Toi, gêné
    Arrête, arrête !

    Claire, parlant un peu fort
    Ho, mais on s'en fout des gens, comme s'ils savaient qu'on est frère et sœur.

    Toi, un peu blasé
    Ben s'ils ne le savaient pas, maintenant ils le savent.

Regards accusateurs des gens.
Claire continue à te tripoter par provocation.

    Claire, comme une gamine
    Houuuuuuuuuuu !!!! Les vilaines gens ! Méchants les gens !

Face à son charme de gamine, tu ne peux t'empêcher de sourire. Claire y va de plus belle et t'embrasse sur la bouche en se plaçant devant toi, puis elle fait un clin d'œil à une vieille femme bourgeoise qui vous

regardait avec un air parfaitement choqué.
Tu es vraiment très gêné et tu lui souris
bêtement.

Claire

Allez !!! Ne soit pas si coincé. Il
n'y a que nous. On s'en fout des gens
!

Elle tire la langue à la vieille dame qui
s'en va en poussant un cri de poule qui pond
un œuf.

— Bonne soirée madame ! Si vous vous
ennuyez, vous pouvez nous appeler !

Toi

Mais arrête, elle ne t'a rien fait,
cette pauvre dame.

Claire, très fière d'elle

Si, elle accuse ! Je n'aime pas qu'on
accuse !

Des hommes la regardent avec envie. Les femmes
la regardent avec jalousie. Les photographies
de ces gens résonnent encore dans ta tête.

Claire, à Oscar

Allez viens, je te paye un Irish
coffee !

Elle te prend par la main et te traîne vers
la sortie, triomphante. Comme tu aimes la
voir ainsi !

25. CLAIRE

Tu penses que les gens ont des couleurs. Et si tu devais donner une couleur à ta sœur, ce serait le rouge. Le rouge sang du désir et de l'amour, celui des roses et de ses lèvres.
Pour aussi longtemps que tu t'en souviennes, enfin plus probablement depuis le début du processus de sa transformation en femme, vers l'âge bénit de ses 12 ans, tu as toujours été fasciné et très attiré par elle.
Elle n'a jamais été la petite sœur gênante, même enfant. Pas plus dérangeante quand tu étais adolescent et que tes camarades de classe te demandaient pourquoi tu la trimbalais partout alors qu'eux insultaient les leurs. Elle a toujours été avec toi, tout le temps.
Ça s'est passé un été, tu t'en souviens très bien. Toi, tu devais avoir dans les 14 ou 15 ans, et tu lisais Lolita.
Vous étiez tous les deux avec vos parents près de la mer, sûrement dans une maison qu'on leur avait prêtée. L'air était doux, mais il faisait suffisamment chaud pour qu'elle et toi ne portiez pas grand-chose comme vêtement.
Tu savais qu'elle plairait aux hommes un jour, jusqu'à les rendre dingues, car déjà tes copains commençaient à la regarder avec un appétit féroce, et toi tu faisais semblant de ne rien voir, voulant croire à son innocence le plus longtemps possible.
Même les oncles et les copains de travail de votre père commençaient à avoir un peu de bave qui leur coulait sur le coin des lèvres.
Tu as toujours trouvé ça dégueulasse, ils devaient avoir le triple de son âge ! De ton côté, aucune pensée sexuelle envers elle, voire aucune pensée sexuelle du tout.
À part ta sœur, et ce de façon presque innée, les filles ne t'intéressaient absolument pas. Tu évitais habilement le sujet avec tes copains du lycée, car eux étaient déjà pressés de tremper leur biscuit comme ils appelaient la chose à l'époque, ce qui d'ailleurs avait le don de t'énerver, car tu n'as jamais supporté la vulgarité. Tu

connaissais le principe et tu savais que ça te titillerait un jour ou l'autre, mais pour le moment, tu avais d'autres chats à fouetter. D'autant que l'apparente bestialité de tes comparses frisait le ridicule absolu, et que tu estimais que tu étais bien plus élevé que ces bassesses. Et il y avait une autre raison à cela, tu estimais les femmes. A cause de ta mère, acariâtre et féministe extrémiste, tu en avais même un peu peur. Tu prenais par conséquent ton temps sur tes hormones et il t'en faudra encore un peu plus pour t'intéresser au sexe.

Cette situation te convenait donc parfaitement et ta sœur, même si elle était plus jeune que toi, suffisait amplement à tes fréquentations concernant le sexe opposé. Et ce sans la moindre arrière pensée, pour le moment.

Tu lisais donc avec quiétude, et presque sans y noter quoi que ce soit d'anormal, ce roman maudit de Nabokov. Tu ne te rappelles pas avec précision de ce que tu lisais exactement (tu ne t'en souviens presque jamais), et tu ne sais plus si c'est la vue de Claire dans sa robe très légère qui laissait entrapercevoir ses seins naissants qui commençaient à pointer sérieusement, ou si c'était tout simplement le personnage fictif de cette Lolita, ou les deux mélangées ou encore cet air parfumé aux essences de pins, mais ton corps tout entier a soudain été pris d'une onde de désir insoutenable à cet instant-là. Instantanément, ta queue est devenue raide comme jamais elle l'avait été, à tel point qu'elle te faisait souffrir. Tu devais faire une tête bizarre, car Claire a levé les yeux de son bouquin et elle t'a regardé. Tu ne portais qu'un caleçon de bain et une chemise fine, et l'énorme bosse au niveau de ton entrejambe te trahissait déjà. Ton seul réflexe a été de cacher l'objet de délit avec ton bouquin. Belle image, Lolita te masquant la bite en érection ! Tu n'avais que ça sous la main de toute façon. Cette sensation avait beau être nouvelle pour toi - non pas que tu n'as jamais eu d'érections auparavant, mais le désir n'avait jamais

parcouru ton corps tout entier à ce point-
là —, tu savais qu'il te fallait en arriver
là un jour. Claire te regarde à nouveau et
esquisse un sourire complice. Aurait-elle
remarqué cette bosse honteuse ? Il fallait
que tu fasses quelque chose, et si possible
sans te faire remarquer. Mais là, alors que
tu cherchais une échappatoire, ta petite sœur
se lève tranquillement, pose son bouquin sur
la table à côté, et vient vers toi. Que veut-
elle ?

Tu te souviens très nettement de cette scène
cinématographique. Le soleil était en position
basse et, lorsqu'elle se leva, l'astre a
éclairé ses cheveux par-derrière, en contre,
créant de la transparence et faisant ainsi
apparaitre de la blondeur dans ses cheveux
bruns. La lumière rasante a également souligné
le splendide duvet blond qu'elle commençait
à perdre sur le haut des cuisses et sur les
bras. Elle était presque imberbe à l'époque.
Elle souriait toujours et te regardait droit
dans les yeux en marchant. Tu voyais la scène
au ralenti. Là, au bout de quelques pas, il
s'est passé une chose inattendue, mais dont
elle semblait parfaitement bien en mesurer
l'impact sur toi : la bretelle de sa robe est
tombée sous le choc de ses pieds nus frappant
le sol, et a dévoilé son sein droit. Tu
crois que l'image s'est arrêtée là pendant
quelques secondes. Tu étais en transe et il
est possible que ton corps eût très justement
anticipé ce moment, et que ce soit pour cette
raison que tu fusses dans cet état.

Note à toi-même : il est possible que ta
sœur ne soit pas la plus belle fille au monde
dans l'absolu, mais c'est incontestablement
la plus belle pour toi. Ce n'est pas parce
que c'est ta sœur, car cela serait étrange,
mais c'est dû au fait que tu n'en a jamais
vu de plus ravissante qu'elle. Chacun de ses
traits, ses formes incluses, avait quelque
chose de spécifiquement harmonieux à l'œil et,
surtout, d'intrinsèquement et organiquement
féminin et distingué. Harmonieuse de la
tête aux pieds, cheveux et doigts de pieds
inclus, et ce, à tous les âges de sa vie.

Il n'y avait pas un détail de son corps qui n'eut été mal dessiné, ou à gommer, et tu te demandes parfois si ses vicaires, son estomac ou même sa morve ne pourraient pas être d'une certaine beauté. Et elle a encore embelli plus tard, à l'adolescence. Ses seins sont devenus nobles et larges, fermes, superbes de rondeur, comme le reste. Son ventre a toujours été plat, mais pas creux, ses hanches rondes, mais sans la moindre trace de graisse, laissant esquisser les deux os pointus en forme de V de l'os iliaque (partie que tu adores chez les femmes et qui traduisent un équilibre parfait entre rondeur et minceur). Ses jambes se sont galbées magnifiquement avec les exercices de danse, et son cul a toujours fait couler beaucoup d'encre, ou de bave, c'est selon. Même ses pieds étaient une œuvre d'art. Si tu avais été photographe, tu l'aurais photographiée sous tous les angles. Dessinée si tu avais été peintre ou dessinateur. Filmée si tu avais été cinéaste, comme une Bardot ou une Ana Karina de Pierrot le fou… Non, Claire était une vraie beauté, simple, sans le moindre artifice, ni le moindre défaut, un tableau de femme. C'était ainsi, la nature avait été très généreuse avec elle. C'est d'ailleurs juste après cet été là qu'elle s'est encore transformée.

Mais revenons à la scène figée de la bretelle qui tombe.

Claire marche toujours dans ta direction et toi tu cherches à cacher ta honte, enfin ce que tu estimais être de nature honteuse à ce moment là, à l'âge que tu avais. Elle traverse ainsi, le seins à l'air, la moitié du jardin pour arriver, trop tôt, à ta hauteur.
Mystère de l'esprit humain, tu te rappelles avec beaucoup plus de précision de ces quelques secondes où elle a traversé le jardin seins nus que de ta première copine ou du jour où tu as passé le Bac…

Debout devant toi, son ventre à hauteur de
tes yeux, elle se baisse et te chuchote à
l'oreille.

— C'est moi qui te fait cet effet ?

Elle te renvoie un sourire complice et
retourne se rassoir, naturellement.
Cette phrase, qui résonne encore dans ta tête
actuellement, a été l'élément déclencheur de
ta sexualité, et il a fallu que ce soit elle,
ta sœur, qui l'eut prononcée.

À l'écoute de ces mots, simplement ces
quelques mots dits, tu as tout lâché. Un litre
de liquide translucide blanc et visqueux a
instantanément mouillé ton caleçon, et là
tu as affiché à qui voulait bien le voir le
sourire de béatitude le plus niais qu'il t'eu
été donné d'afficher un jour, car c'était le
plus grand moment d'érotisme de ta vie.

26. OPÉRA GARNIER

Claire entre dans sa loge après un spectacle.
Elle est habillée d'un justaucorps blanc, de
longues chaussettes et les pieds nus. Elle
est en sueur. Dehors, des bruits de foule,
les gens quittent la salle.

Un homme l'attend, beaucoup plus vieux
qu'elle. Il a un style de producteur, costume
décontracté, genre YSL, les cheveux gras et
une énorme montre suisse au poignet gauche. Il
ne dit rien quand elle rentre. Elle s'assoit
sur la chaise devant la table de maquillage.
L'homme reste derrière et ne bouge pas. Il
joue avec son écharpe. C'est le directeur
des lieux.

> L'HOMME
> Ce n'était franchement pas terrible ce
> soir…

Claire ne répond pas, ferme les yeux et
continue de se démaquiller.

> L'HOMME
> Tu ne trouves pas ?

Claire ne répond toujours pas.

> L'HOMME, de plus en plus dédaigneux
> Si tu crois que j'ai claqué tout ce
> fric pour voir ça… C'était navrant.

Claire ne dit toujours rien, une larme coule
doucement sur sa joue. Un homme, un danseur,
clairement homo, entre torse nu sans frapper.

> LE DANSEUR
> Claire, tu viens, on va sabrer le
> Champagne pour la dernière !

Claire sourit, se lève et sort en prenant le
danseur par la taille.

L'homme reste assis, seul.

L'HOMME
C'est ça, va t'amuser avec ta copine…

27. CLAIR-OBSCUR

Plus tard dans la nuit, peu avant l'aube, Claire est plantée devant la grande porte d'entrée de l'Opéra Garnier. Elle frappe frénétiquement avec une bouteille de Champagne qu'elle tient à la main. Elle est complètement saoule…
Elle est habillée d'une mini-jupe, de bas résille et d'un top très décolleté. Elle a un boa en plumes, façon Alice Sapritch, autour du coup et de longs gants noirs comme à l'époque.

Elle hurle «ouvre-moi, connard !»
Le directeur de l'opéra vient lui ouvrir. Elle entre. Le vieux beau de 60 ans va s'assoir sur une des marches du grand escalier en pierre qui mène à la scène. Tu savais que, depuis peu, ta sœur s'était mise à fréquenter ce genre de personnages dégueulasses, et cela te dépassait in extenso. Pourquoi ta sœur, si belle et si talentueuse, avait-elle besoin de se coltiner d'ignobles larves comme ce «Monsieur G» ? Quel surnom ridicule en plus ! Un vieux crapaud avec un surnom de maquereau. Tu connais ce genre de personnes, ce sont tous les mêmes : producteurs, régisseurs, éditeurs, tous des maquereaux qui profitent du système et baisent grâce à leur pognon. Tu entends encore ce rire gras qui résonne dans ta tête.

Belle, même habillée vulgairement, elle se met à danser devant lui. Une danse habitée, sexuelle, superbe de tension érotique et de chagrin, tout en buvant au goulot.
La grosse limace des steppes reste assise là, impassible. Claire commence à enlever ses gants en fredonnant un air de Marianne Faithfull, Broken English. Pépère regarde, amusé.

La danse est magistrale, d'une beauté bestiale et féminine à l'extrême. Elle lui offre son corps en cadeau. Elle est splendide, son détachement est total. Elle enlève ses

vêtements, morceau par morceau, doucement,
avec des mouvements parfaitement fluides et
gracieux, tout en continuant à boire et à
fredonner.

Une fois totalement nue, mais ayant pris soin
de garder ses chaussures à talons rouges,
elle lève les bras, et, comme pour signifier
le cadeau qu'elle lui fait, dit :

    – ta-daaaaaaaaaa !!!!

Puis elle s'avance doucement vers lui.
C'est immonde.

28. UNE PUTE

Tu erres dans la rue, sans but. Tu zones à Montmartre, dans ce quartier délavé, flétri, usé, que tu connais bien maintenant. Tu n'aimes pas y aller, mais à chaque fois tu te sens comme attiré par sa saleté et son vice. Son peuple de touristes perdus, pickpockets, bobos, connes à poussettes, putes, maquereaux, joueurs, alcooliques et autres paumés divers et variés te manque de temps à autre. Jadis, tu as habité là.

Tu déambules ton petit corps malade vers la rue des Martyrs et tu croises le regard d'une jolie «fille de joie» comme on avait la poésie de les appeler au début du siècle, jeune pour une fois. Ça fleure bon le parfum de Scandale. Un de tes fantasmes de pute a toujours été la superbe fille que croise Tom Cruise dans Eyes Wide Shut. Il la rencontre dans la rue la nuit, et monte avec elle, mais au dernier moment il n'arrive pas à coucher avec elle, culpabilisant à cause de sa femme. Ce qui t'a marqué, c'est qu'il la paye quand même, quelle classe ! Évidemment, il n'y a que dans les films de cet esthète de Kubrick que tu peux voir des putes aussi belles… Celle qui se trouve devant toi l'est beaucoup moins, malheureusement. Mais elle suffira à ton envie du moment. Tu t'arrêtes, elle te sourit.

Tu la suis vers une petite allée qui pue la pisse, comme toutes dans ce quartier. Elle pousse une porte qui grince, et vous montez un escalier étroit. Bien entendu, tu lui jauges le fessier en montée, préparant ton plaisir. Ses formes font couiner le cuir de sa mini jupe noire , et l'effet s'avère très excitant. Une professionnelle qui connait son métier,   en écrivant le prologue avec presque autant de saveur que l'épilogue, voire plus.

Tu es maintenant allongé sur le lit d'une chambre d'hôtel miteux, le pantalon baissé. Pour te donner du courage, ou pour stériliser la plaie, tu t'es enfilé une bouteille de Scotch avant de venir.

La pute de Kubrick enlève doucement son haut, puis sa jupe. Toi tu bandais déjà dans l'escalier. Pas de sous-vêtements, c'est trop long à enlever et il faut aller vite. C'est une société de banquiers et tout est rendement, même les putes. Elle te colle une capote sur le manche et commence à te sucer directement, encore une fois, rendement efficace. Ne pas passer trop de temps sur chaque client. C'est propre, c'est pro, pas très romantique, mais tu éjacules en un temps record. Tu te demandes si ta sœur suce aussi bien. Tu penses toujours à elle en matière de sexe. Ce n'est pas forcément que tu la désires, quoi que… mais il y ce lien entre vous deux qui est basé sur quelque chose qui a toujours été très charnel, et toute ta sexualité s'est forgée autour de la découverte de son corps à elle, lequel reste un référent pour toi en matière de corps de femme. Tu entends un rire gras qui résonne dans ta tête, le mien, celui de ton ami le clown. Tu es tellement pathétique !

29. MAISON D'ÉDITION

L'action se passe chez ton éditeur des
Éditions de Minuit.   Tu es dans son bureau
crasseux et tu t'apprêtes à passer un mauvais
quart d'heure. Lui s'emporte et grogne, un
peu à l'image d'un vieux sanglier qui vient
de se prendre une voiture à 110 km/h sur une
route de campagne. Voici à peu près ce qu'il
s'est dit ce jour là.

L'éditeur

Oscar, cela fait des mois que tu
n'écris pas. Je ne peux pas continuer
à t'attendre. Tes lecteurs réclament
des résultats, ils ont envie de
connaître ton second roman, ils ont
soif, c'est bien. Tu ne peux pas
décemment les laisser t'oublier.

Toi, mentant

Arrête de me demander ça, je sais, et
toi tu sais très bien que j'écris mais
que j'ai des soucis en ce moment…

L'éditeur

Ho, tu me fais chier !! Je te dis ça
parce que je t'aime bien, sinon ça
fait longtemps que j'aurais du laissé
tomber avec toi ! Démerde-toi, mais
rend-moi un manuscrit le plus tôt
possible. Utilise tes problèmes pour
écrire un truc, c'est comme ça que ça
fonctionne un écrivain, non ?

Allez, casse-toi !

Tu sors très énervé en renversant une pile de
bouquins d'un autre auteur.

30. DÉDICACE

Le temps pour toi est un concept incertain,
mais cette scène s'est sûrement passée il y a
longtemps, lorsque tu ne buvais que quelques
verres épisodiquement lors des soirées et
des dîners, et quand tu écrivais. Tu es assis
à une table devant une foule de gens en
ligne. Tu signes un livre, le tien. Tu n'es
pas le même homme, confiant, souriant et bien
habillé.

Sur la couverture de la pile de livres à ta
droite, on peut lire un titre : A MA SŒUR.

Tu entends d'une voix familière :

        - Je peux avoir un autographe,
    monsieur l'écrivain ?

Tu relèves la tête. Claire est devant toi,
belle, fraiche et souriante.

Tu lui souris en retour et signe :
À MA SŒUR….

31. FANTASME

Tu es encore hors service dans ton canapé,
embué dans des vapeurs d'alcool. Tu rêves de
Claire au-dessus de toi, nue, ses cheveux
longs caressant ton visage. Elle te murmure
à l'oreille qu'elle a envie de toi. Elle te
saisit la queue et se la fourre entre les
jambes. Les mots qu'elle a prononcés quand
vous étiez plus jeunes te résonnent encore
dans la tête :

> — C'est moi qui te fais cet effet ?
> — C'est moi qui te fais cet effet ?
> — C'est moi qui te fais cet effet ?

Elle s'empale toute seule sur ton mat.
Elle couine comme jamais une fille n'a couiné
sur toi.

Soudain, je t'apparais encore, dans un coin
sombre de la pièce. En pleine extase, tu me
remarques. Tu prends peur et la jettes au
sol. Tu te redresses, l'air de rien, comme si
j'étais ton père qui te surprenait en train
de te branler.

Prenant enfin conscience de ta vision, tu
la fais disparaitre d'un geste de la main,
comme si c'était un moustique.

Toujours la maison près de la mer, et l'action
se passe peut après ton premier choc sexuel,
cette phrase mythique : «c'est moi qui te
fait cet effet ?», prononcée par ta sœur.
C'était en réalité l'année d'après. Toi,
tu devais avoir quinze ans et elle, douze
ou treize. Vous êtes allongés sur le dos,
sur un des lits de cette petite chambre qui
était réservée aux jeunes de la famille.
C'est le début de la nuit, les parents ne
dorment sûrement pas et la maison est calme.
Claire porte un petit t-shirt étroit et une
culotte blanche, et toi juste un caleçon à
fleurs comme c'était la mode à l'époque. Ses
seins ont maintenant bien poussé et ils ont
presque leur taille adulte.
Au loin, étouffé, on entend le son de la
télévision du salon. Tu as les yeux rivés
au plafond, et tu sembles un peu préoccupé.
Les mots de ta sœur te résonnent encore dans
la tête comme s'ils avaient été prononcés la
veille. C'est encore la période estivale et
l'air est chaud, même le soir. Ne pensant
qu'à ça depuis l'été d'avant, tu lui demandes
de te la montrer. Elle te demande de quoi
tu parles et tu réponds qu'elle le sait très
bien. Oui, elle le sait. Mais, par jeu, elle
te répond non, qu'elle n'en a pas envie et
que tu dois quand même savoir ce que c'est.
Tu dis que non, que tu n'en as jamais vue en
vrai, ce qui était le cas. Là elle te dit que
ce n'est pas très intéressant, qu'il n'y a
rien, juste une petite fente. Tu rétorques que
ça doit être plutôt joli et qu'au contraire,
tu serais très intéressé de la regarder.
Là, coquine et joueuse, elle te dit d'accord,
mais seulement si toi aussi tu lui montres
ce que tu as entre les jambes, selon ses
termes. C'est d'accord. Elle se lève alors
et se replace face à toi, debout, de sorte
que tes yeux soient pile au niveau de son
ventre. Elle baisse doucement sa culotte. Tu
la regardes, émerveillé. Elle affiche un air
un peu gêné. Là, tu murmures, pour ne pas que
les parents entendent.

— Qu'est-ce que c'est beau !

Claire sourit, amusée. Elle reste quelques instants comme ça, face à toi, culotte baissée jusqu'aux genoux. Ta jeune queue est maintenant au garde à vous. Tu admires encore cette fente merveilleuse. Les poils sont lisses, bien rangés, apparemment très doux. Tu te demandes alors ce qu'elle dirait si tu lui glissais un doigt dans la fente. Tu fis ça très gentiment. A ta grande surprise, elle a couiné au moment où tu l'a touchée, entre les lèvres. Le fruit s'est ouvert instantanément et un liquide soyeux s'est posé sur ta main. Entre curiosité et excitation, tu n'en pouvais plus. Puis Claire remet lentement sa culotte et te demande de faire pareil, selon votre accord préalable. Un peu honteux de ton érection, certes logique et normale, tu baisses ton caleçon en regardant le plafond. Elle se contente un instant de la regarder, avec intérêt. Elle te demande si ça fait mal. Tu réponds que oui, un peu, mais que c'est supportable, ne sachant pas encore le bonheur et le soulagement que tu ressentirais si tu la fourrais dans un sexe de femme. Lentement, elle approche sa main de l'objet. Elle est courageuse et curieuse, et tu n'aurais jamais imaginé qu'elle pourrait faire ça un jour. Tu sens maintenant sa main délicate sur ta queue. Elle ne fait que la caresser, comme si c'était un petit animal. Elle te dit que c'est très dur et que ça doit quand même faire un peu mal, non ? Tu dis que ça va, toujours sans oser la regarder et en comptant les mouches du plafond. Elle passe son doigt sur le gland pour en sentir la matière qu'elle ne connait pas. La sensation est alors exquise et tu sens quelque chose de frais remonter jusqu'à ton échine. Tu as du mal à te contenir et tu sais que si elle continue ainsi, tu vas encore tout lâcher et lui éjaculer dessus. Tu te concentres sur les mouches du plafond, et tu entreprends de les compter. Elle se baisse et s'agenouille en face de toi.

Toi, tu es resté assis, le caleçon baissé, les jambes un peu écartées pour lui laisser voir la bête. Elle la caresse encore, toujours très intriguée et en y prenant goût, visiblement. Six, neuf, douze, tu n'arrives plus à compter. Tant pis pour les mouches ! Tu baisses les yeux vers elle. Son visage est maintenant très près de ta queue. Infiniment lentement, elle sort une petite langue rose et entreprends de la lécher délicatement. Tu as un petit geste de recul, mais la sensation est alors tellement agréable que tu te laisses faire et te remets à elle complètement. C'est maintenant une sensation inouïe. Au bout de quelques coups de langue, tu sens déjà la sauce monter. Gêné de lui faire gouter ça, tu essayes de reculer, mais elle te bloque et te garde dans sa bouche. Surpris, tu exploses et lui donnes tout ce que tu as. Sans broncher, elle recrache tout le liquide sur tes jambes en toussant et en riant : «pouah c'est dégueu» !

C'est le début de ta damnation.

33. CAFÉ RUE MONTORGUEIL

Te voilà, presque vingt ans plus tard, endormi dans un café parisien. Tu es l'ombre de toi-même. Tu te réveilles brusquement, avec une trique d'enfer. Tu prends un air hébété, le même air niais que tu devais avoir alors. Les fantômes autour de toi l'ont maintenant remarqué et te regardent.

J'apparais soudain, assis en face de toi. Tu sursautes de me voir ainsi. J'aime te faire peur, pour rire.

Tu manques de tomber de ta chaise et t'enfuis. On entend mon rire de clown qui s'éloigne et résonne dans ta tête.

34. COUP DE FIL

Tu arrives chez toi, éreinté. Le téléphone sonne. Tu ne décroches pas et te diriges vers la chaine hifi, tu joues Je suis snob de Vian. Le répondeur se met en route après quelques sonneries et tu entends la voix de ton père, à qui tu ne parles plus depuis quelques années, las d'avoir à lui expliquer pourquoi à ton âge (qu'il ne manque jamais de te rappeler dans ces moments-là, alors qu'il oublie systématiquement ton anniversaire), tu ne fais rien de ta vie et tu es toujours fauché.

— Oscar, décroche, c'est moi, ton père. Pourquoi tu restes muet après tout ça ? Toi, comme tout le monde, tu as besoin de ta famille. Fais-moi un signe s'il te plait.

Tu n'y fais pas attention et te poses face à ta machine à écrire, cette vieille Addler. Tu tapes quelques mots, et prends des pilules avec une gorgée de Scotch. «Après tout ça» ? De quoi peut-il bien parler ? Tu as encore oublié un truc à souhaiter à un vieux cousin ? Un anniversaire ? Il y a eu tellement de déboires dans cette famille de dégénérés que tu ne vois pas du tout de quoi il peut bien parler, et le pire, c'est que tu t'en contrefous . Tu te demandes alors si tu ne commences pas à avoir des hallucinations à force de prendre des médicaments sans lire la posologie, et si ces cocktails avec le whisky ne seraient pas un peu violents pour ton organisme ou ta mémoire. Et puis c'est quoi ce clown qui t'apparait de temps à autre et à des endroits incongrus ? Son rire gras te résonne encore dans la tête. Peut-être que ton cerveau cherche à te dire quelque chose. Cela dit, pour le peu qu'il puisse te servir en ce moment, il ferait mieux de te raconter des histoires à coller sur ces putains de pages blanches ! Tu ne vas tout de même pas faire un «best-seller» en faisant

le récit d'un type qui voit un clown avec
un maquillage huileux dans tous les cafés de
Paris ! Que pourrais-tu bien écrire ?
Tu regardes ton Addler. Tu te dis que tu
devrais peut-être lui trouver un nom. Après
tout, elle partage ta vie depuis un moment
maintenant et elle n'a toujours pas de prénom.
Vous n'êtes même pas encore très intimes et
c'est sûrement pour ça que tu n'arrives pas
à écrire ce foutu roman.

Comment pourrais-tu l'appeler ? Claire ?
Tiens pourquoi pas. Ça lui ferait surement
plaisir, à Claire. Cela dit, ça ne t'aiderait
pas beaucoup à moins penser à elle… mais si
ça t'inspirait ? Tous les moyens doivent
être essayés.
Ou alors, un nom de chat, ou de chien. Brutus,
non, trop masculin. Trop romain. Il lui
faudrait un nom de femme, Anna, Anna Karenine
! Ça, c'est un nom pour une machine à écrire !
Comme ça, tu arrêterais de l'appeler Addler,
qui sonne trop germanique à ton goût. Anna
Karenine, ta machine à écrire a été baptisée
Anna Karenine. Tu entends encore ce con de
clown ricaner bêtement derrière toi, mais
tu décides de ne pas y prêter attention.
Qu'il aille se faire foutre ce clown à la
fin ! Ton père, ton éditeur, et ce clown,
qu'ils aillent tous se faire foutre ! Qu'ils
aillent tous les trois se payer un billet en
première classe pour la Laponie pour voir si
tu y es ! Ça leur fera du bien. Et toi tu
pourras écrire sur Anna tranquillement, sans
être dérangé toutes les dix minutes par tel
ou tel raseur. C'est certainement de leur
faute si tu n'écris plus ! Anna et toi avez
besoin d'un peu tranquillité et d'intimité,
après tout.

Allez, vient Anna, on va fêter ton baptême
avec un petit verre ! On a pas besoin de tous
ces emmerdeurs !

35. FLASHBACK

Tu as sombré sur Anna, ainsi baptisée. Ton cerveau mariné au whisky bon marché te repasse l'image de Claire et toi, il y a quelques années, sur la route vers le sud. Vous êtes dans une belle voiture de collection, vous semblez heureux. Il fait beau, c'est l'été. Comme toujours quand tu te sens bien, tu imites Depardieu dans Les Valseuses.

    — On n'est pas bien là, paisibles, à
    la fraîche, décontractés du gland,
    et on bandera quand on aura envie de
    bander…

Claire rit à s'en décrocher la mâchoire. Votre complicité est toujours là, elle ne vous quittera jamais. Vous ne regretterez jamais ce que vous avez fait.
Tu roules vite. Tu appuies sur le bouton de l'autoradio pour jouer un vieux Bowie, Modern Love.
La musique te sort de ton coma éthylique et tu te réveilles avec un air heureux de ces images mentales. Tu peux encore sentir l'odeur du sud, et entendre Bowie chanter. Tu te relèves pour l'écouter te rappeler encore ces moments avec elle. Là, tu sens un coup de fatigue, et décides de t'allonger un peu. Aussitôt, les souvenirs te reviennent.
Vous vous êtes maintenant arrêtés devant une grande ferme avec une chambre d'hôtes. Tu es assis sur le lit, et Claire se tient debout devant la fenêtre. Elle ne porte rien d'autre qu'une culotte blanche petit Bateau, comme si elle avait encore douze ans. Toi, tu es tout habillé. Tu portes une belle chemise à fleurs, ouverte, et un pantalon en toile blanc. Tu la regardes, la trouvant belle et sereine.

Elle se retourne et te remercie de l'emmener ici pour son vingt-cinquième anniversaire. Tu réponds que tu la connais bien et que tu sais ce qui peut lui faire plaisir. Elle

dit que tout est parfait, qu'elle t'aime, tu
sais. Et que tu es l'homme idéal pour elle.
Tu souris. Là elle soupire, et elle te dit
que c'est vraiment dommage que tu sois son
frère. Elle fait surement allusion à tout
ça. Tu en deviens presque gêné. Claire se
jette alors sur toi et te fait tomber en
position allongée. Elle te tient les poignets
et s'assoit sur toi. Tu ne résistes pas. Elle
prend un air lascif et te dis.

    — En même temps, on s'en fout des
    autres, non ?

Tu esquisses encore un sourire. Claire
se rapproche et t'embrasse. Vos corps se
rapprochent. Encore une parenthèse.

36. CAUCHEMAR

Le souvenir se transforme maintenant en rêve. Claire et toi vous arrêtez devant une belle église de village provençal. Vous entrez.
Tu marches devant en direction de l'autel. Des bruits de machine à écrire résonnent dans ta tête et se font de plus en plus fort… Claire te suis plus lentement. Elle ralentit.

Les bruits de machine à écrire deviennent stridents et inquiétants. Soudain, tu ne sens plus sa présence et entends un grand cri. Tu es pris de panique et te retournes. Claire n'est plus là.

Tu te réveilles en sursaut. Des grosses gouttes de sueur te coulent sur le visage. Tu te relèves et entres dans la salle de bain. Tes yeux sont rouges et tu te fais peur dans le miroir. Le clown est encore là, tu l'aperçois dans un reflet en ouvrant la porte du meuble à pharmacie pour y attraper des cachets. Tu en avales une bonne poignée, comme si c'était des bonbons.

37. INSPIRATION

Tu es à nouveau assis devant Anna, l'œil dans le vague, en sueur. Tu sembles soudain atteint d'un élan créatif puissant. Tu tapes.

Ils baisaient toute la journée. Rien d'autre ne comptait. Ils ne sortaient plus, ne mangeaient rien. Tout juste une petite douche entre deux ébats, quelques siestes de temps en temps. Voilà tout.
L'homme avait vaguement caressé l'idée de se bouger, de se remettre à écrire et de trouver un job alimentaire, mais l'idée était volatile, et elle disparaissait avec le vent, ou avec son érection lorsque la femme s'approchait de lui pour le saisir…

Tu t'arrêtes et semble fier de toi. Tu te verses un scotch et défais une boîte de pilules pour en extraire une. Celle-ci saute de la boîte, tombe par terre et roule sous une étagère. À quatre pattes pour la ramasser, tu remarques une vieille boîte en métal rouillée face à toi. tu s'assois et ouvre la boîte. Dedans, de vieilles lettres manuscrites et des photographies un peu jaunies (format 10X15). Ce sont des photos de tes vacances avec Claire dans le Sud, quand vous aviez loué une vieille voiture de collection. Tu regardes ces photographies avec un air mélangé de nostalgie et de tristesse. Sur le dessus de la pile, une photo de Claire et toi dans ce joli petit hôtel de route, l'été, dans le sud.

Tu décides de rappeler ton père. Tu composes le numéro, laisse sonner, puis raccroche aussi sec. Ce n'est pas le moment. Tu reprends encore quelques cachets, et vas t'allonger sur le canapé. Tu ne comptes plus les nuits où tu ne dors plus.

Embrumé dans tes pensées, tu réalises soudain
que tu n'as aucun ami. Pire, tu ne connais
pas le concept de l'amitié.
L'idée de partager des conversations avec
autre chose qu'un psy ou ta sœur ne t'est
jamais venue à l'esprit. Tu n'as pas eu de
frère, et tu n'as jamais cherché à connaitre
particulièrement une personne du même sexe
et du même âge que toi. Avec une femme, tu
as beaucoup de mal à ne pas penser au sexe.
À l'école, tu trouvais les autres plutôt
primaires. Tu n'as jamais joué aux billes,
car cela t'ennuyait et que tu ne comprenais
pas les règles, et tu as toujours refusé
de jouer au football, trouvant ridicule de
courir après une balle pour lui donner des
coups de pieds.
Tu inventes les personnages de tes romans.
Tu n'es donc pas comme certains auteurs à
placer tes connaissances dans tes écrits, en
espérant qu'elles ne se reconnaissent pas.
Tu décides alors de tenter l'expérience d'un
ami. Il te faut trouver un scénario, et un
acteur. Le bar du coin te parait un excellent
décor et tu es sûr d'y trouver au moins
quelques-uns de tes contemporains. Souhaitons
qu'Anna ne soit pas jalouse. Fort de cette
idée nouvelle, tu dévales tes escaliers et
te retrouves dans la rue. Il est presque dix-
huit heures et l'heure te semble adéquate.
Tu entres dans le bar comme si tu vivais un
western. Tu passes en revue toutes les têtes
de salauds qui s'y trouvent avec l'œil d'un
chasseur de prime. Ton nouvel ami s'y trouve
peut-être. À dire vrai, personne ne t'inspire
ici. Il n'y a qu'un ramassis de vieux soulards
et de paumés. Toutefois, une personnalité
contraste un peu des autres. Un homme d'à peu
près ton âge, peut-être plus vieux d'un an ou
deux, est attablé au fond, avec un livre, ce
qui est rare ces temps-ci. Tu essayes d'en
apercevoir le titre, mais sa main est dessus.
C'est un livre de poche, ce qui te fait dire
que ce n'est pas un roman très récent. Ce
n'est pas forcément un mauvais point pour

lui, mais cela pourrait traduire un manque de curiosité et de bon goût, ou de la pingrerie, car ceux-ci se vendent beaucoup moins cher. Mais ne soyons pas snob. Tu te rapproches de lui, l'œil curieux. Il déplace sa main. Jours tranquilles à Clichy de Miller. Étonné, tu te dis qu'un homme qui lit les histoires de putes et d'amitié de deux Américains à Montmartre ne doit pas manquer d'intérêt. Tu t'apprêtes à te rapprocher, mais une pensée t'arrête net. Tu ne sais pas comment aborder un autre homme. Tu ne l'as jamais fait et tu as peur qu'il te prenne pour un homosexuel. Cette idée ne te dérange pas en soi, car tu les estimes beaucoup et tu penses qu'ils sont généralement beaucoup plus fins que d'autres, mais tu ne voudrais pas rater ton effet pour un malentendu. Pendant que tu réfléchis à comment remédier à cette faille critique de ton scénario, le jeune homme lève la tête et s'adresse à toi.

— Vous connaissez Henry ?

Surpris, tu t'agaces qu'il se permette d'appeler Miller par son prénom, comme s'il était son voisin ou le barman. C'est une habitude exaspérante de certains enseignants qui n'ont rien compris à la littérature et qui a le don de te rendre nerveux. Tu fais l'idiot face à lui.

— Henry ?

L'intello de pacotille sourit, ravi de se dire qu'il va pouvoir t'expliquer qui est Henry Miller. Votre histoire d'amitié est très mal partie. Il s'étale, te rappelant ainsi l'acariâtreté de ta mère.

— Henry Miller, c'est un écrivain maudit américain…

L'envie de fuir te vient soudain.

— Ha ?
Que répondre ?

— Oui, et c'est l'histoire de
l'amitié entre Carl et Joey, le
narrateur, deux Américains à Paris.
C'est très sexuel.

Finalement, c'est peut-être lui qui aime les
hommes ? Pourquoi fallait-il que ça tombe
sur toi ? Il te faut maintenant trouver une
idée brillante pour te sortir de ce mauvais
pas.

— Ha, ça semble intéressant…

Ces mots à peine prononcés, tu te rends compte
de ton erreur et te dis que ça pourrait le
conforter dans le fait que toi aussi, tu
aimes les hommes. Et si tu parles de Miller,
ça te mènerait à écouter son étude de texte
dont tu te moques complètement. Te voilà
vraiment dans une mauvaise passe.
Il faut absolument que tu te tires d'ici,
Oscar ! Tu pourrais inventer un imprévu, mais
ça pourrait paraitre étrange de venir dans
un bar et d'avoir un imprévu au bout de cinq
minutes, comme avec une vieille maitresse.
Il faudrait que ton téléphone sonne, et que
l'imprévu se vérifie ainsi. C'est ta seule
chance. Mais comment faire en sorte que ton
téléphone sonne tout seul ? Continuer cette
conversation te semble totalement au-dessus
de tes forces et s'il apprend que tu es
écrivain, tu es parti pour une soirée mêlée
d'angoisse profonde et d'ennuis superficiels.
Alors que tu étais à court d'idées, un miracle
se produisit.Ton téléphone sonne ! La larme
à l'œil, tu fais signe à ton nouvel ami de
t'excuser et sort du bar, vainqueur.
Encore une fois, c'est ta petite sœur qui te
sort de l'impasse. Elle est dans un bar à
Belleville et voudrait te présenter une amie
danseuse.

Cette providence te fait réaliser que toutes
tes notions d'amour et d'amitié émanent d'une
seule et même personne, Claire.
Sans elle, il n'y a rien.

39. CONFESSION

Tu te rends dans une église et entres dans le confessionnal. Tu titubes, car tu es encore imbibé d'alcool. Tu t'assois, attends quelques minutes. On entend la porte d'à côté s'ouvrir et la petite trappe les séparant s'ouvre.

Toi

Je n'éprouve pas de honte, non, pas de honte… Ou du moins, la force de ce fantasme est plus forte que ma honte, mon père.

CURÉ

Quel fantasme, mon fils ?

Toi

Je parle d'un désir primaire, que je n'arrive pas à contrer. Pourtant, je le voudrais, enfin… je ne sais pas, je ne sais plus… je ne sais même plus qui je suis, car voyez-vous, si je suis moi-même… si je suis moi, elle, elle… Elle, cette fille… (il hésite) que je connais depuis sa naissance, elle est ma sœur.

Le curé ne peut s'empêcher de laisser s'échapper un grognement de désapprobation.

Toi

Inceste, mon père, je parle d'inceste. Voilà mon pêché. Je fantasme sur ma sœur.

Le curé ne répond rien.

Toi

Claire est ma sœur, vous comprenez.

Le curé ne répond rien, attend un moment et sort. On entend la porte claquer doucement. On aperçoit le visage du curé. C'est le mien, celui du clown qui te fait flipper.
Tu entends à nouveau mon rire gras. Tu te réveilles et tu sors en courant de l'église, effrayé et honteux. Pour te remettre de ce périple, et en regrettant bien d'être venu ici. Tu te dis que la morale chrétienne ce n'est pas fait pour toi et décides d'aller au bar te remonter un peu le moral et oublier tout ça. Et si plus tard dans la soirée, tu étais encore en forme, tu allais sûrement te lever la première pute qui se présenterait, même vieille ou moche, même si elle ne ressemble pas du tout à celle de Kubrick. Si toutefois il te restait un peu d'argent.

40. DIALOGUE AVEC LE CLOWN

Tu t'es évanoui dans son canapé. Tu es allongé sur le ventre, tout habillé. Tu baves, marmonnes. Tu ne sais plus dans quel bar glauque tu as échoué la veille, mais si tu en juges à ton mal de crâne, le whisky ne devait pas être très bon.
Assis par terre, collé contre toi, je chantonne : «pom, pom, pom, lalalèèère…» «pouet, pouet»…
Ça te réveille et tu ouvres un œil glauque, me remarque, mais cette fois là, enfin, tu ne prends pas peur. Tu commences à te résigner. Ma présence, si étrange soit-elle, finit par te sembler familière. Tu te redresses et t'assois. Je continue à chanter.

Toi

Mais qui vous êtes à la fin ?

Moi

Je suis toi, enfin plus exactement, ton ça.

Toi

Mon quoi ? Qu'est-ce que c'est que ça !??

Moi

Justement… Je suis ton alter ego négatif. Ton alcoolisme, par exemple.

Toi

Mon alcoolisme ?!!

Moi

Oui, ou ta perversion. Tes fantasmes malsains pour ta sœur, aussi. Ton côté obscur en gros.

Toi, à peine étonné
Je suis écrivain…

Moi
Oui, enfin, pas tellement en ce moment…

Toi
J'ai quelques difficultés, c'est vrai.

Moi
C'est le moins que l'on puisse dire…

Toi, totalement dépassé
C'est pour ça que vous ressemblez à
mon éditeur ?

Moi
Je sais pas, c'est comme ça que je
suis arrivé en tout cas…

Toi
Je vois… C'est à cause de vous que je
n'arrive plus à écrire ?

Moi
Non. Ça c'est à cause de toi. C'est
toi, le coupable. Qui d'autre ?

Toi, comme si tu le savais
Ha ?

Moi
Hé oui…

Toi
Et maintenant quoi ?

Moi, te singeant
Et maintenant quoi ?

Toi
Et maintenant… Comment je me
débarrasse de vous ?

Moi
Ça… Si je le savais, je ne serais
pas là non plus… Et je n'ai pas
de réponses. De ce que je sais
(totalement blasé, voire aigri), ces
réponses sont en toi. Enfin, il paraît.
Faut s'assumer quoi…

Toi
Assumer quoi ?

Moi
S'assumer soi-même, tes vices par
exemple… J'en sais rien, moi ! Ta sœur
!

Toi
Encore ma sœur !??

Moi
Ou un autre truc ! C'que j'en sais
moi… Bon, on boit un coup !??

Tu te lève doucement, sans rien répondre.
Tu vas verser deux verres de Scotch. Nous
buvons tous les deux cul sec. Nous ne disons
plus rien. Tu regardes dans le vide. Je me
remets à chantonner.
Tu te rendors et tombe la tête en arrière,
laissant tomber ton verre. Je fais pareil.

41. FADE TO BLACK

Bruit de sonnette chez toi. Tu es seul dans son canapé, les yeux ouverts et fixant le plafond.

La sonnette retentit encore. Tu grognes, se lève pour ouvrir. Qui est-ce qui peut bien venir te déranger en pleine nuit ? Tu ouvres la porte. Claire est sur le palier, en larmes. Tu es surpris de la voir ainsi à quatre heures du matin.

Elle entre et vient s'assoir sur ton canapé. Tu sors un mouchoir de ta poche, lui essuies calmement et tendrement les larmes et la morve qui dégoulinent sur son visage. Elle dit «il m'a quitté». Dans ta tête, tu cherches de qui elle peut bien vouloir parler, tu n'avais pas tellement suivi ses dernières histoires, trop occupé à penser à ton désir et à ton roman qui n'avance pas. Tu lui proposes de boire un verre, et pars enquêter dans le coin-cuisine, à la recherche de quelques bouteilles qui ne seraient pas complètement vides. Claire sourit. Tu reviens, verses deux verres de Scotch, et t'assois à côté d'elle sur le canapé. Vous regardez le sol, bêtement. Vous buvez mécaniquement.

Quelques minutes, quelques heures après, vous êtes toujours assis à la même place, totalement hilares, et marmonnez des mots incompréhensibles dans un dialecte qui ne semble pas de ce monde.

42. (DENOUEMENT)

Au bout du troisième ou quatrième fonds de bouteille, ta sœur et toi êtes totalement ivres. Toi, tu ne l'es pas tellement plus que d'habitude. Claire pose doucement son verre sur la table basse, sèche ses larmes avec les mains, à la manière d'un chat. Tu as le regard collé à elle.
Des bruits de machine à écrire, venant de nulle part, résonnent. Tu te parles à toi-même, mais aucun son ne sort de ta bouche.

Tu ne sais pas vraiment comment cela a commencé et tu ne sais même pas vraiment si ça s'est passé. Tu es resté quelques instants immobile, et tu n'aurais tenté aucune action seul, tellement l'interdit, l'incertitude et le doute te rongeaient depuis toujours. Soudain, tu as cru voir quelque chose de sensuel dans son regard, un désir inavoué et réfréné tel que le tien, et tu l'as laissé venir, doucement, tout doucement. Elle s'est approchée de toi, le visage en avant, la bouche ourlée de désir, des yeux faits d'un abysse si profond que tu n'aurais jamais osé t'y aventurer seul. Son action, pourtant, te semblait familière, tellement tu l'avais vécue dans tes fantasmes. Pendant un temps, un temps de pause, un temps «pausé», arrêté sur une image, tu as vu sa bouche si proche de la tienne, sans que vos lèvres se touchent encore, elle te demande si tu as peur ? Tu réponds que non. Tu sens son souffle si chaud, sa bouche est maintenant à moins de dix millimètres de la tienne, un millimètre par année de fantasme, et maintenant que la longue attente est enfin finie, tu n'as aucun remord, tu te dis que le désir c'est le désir, et qu'il n'a rien à voir avec la morale. Tu comprends que vous devez aller doucement, vous vous effleurez lentement, laissez à chaque instant le temps pour

l'une ou l'autre de sortir de cette
danse immorale, si jamais quelques
scrupules venaient à faire surface. Vos
lèvres, si proches, se touchent enfin,
sans ouvrir la bouche, et se collent et
s'effleurent ainsi pendant de longues
minutes, exquises. Elle ouvre enfin la
bouche, et tu la savoures de ta langue,
et vous vous donnez à la nuit.

Les yeux plissés de bonheur, tu crois me voir
dans un recoin un peu sombre, qui t'observe
sans rien dire. Mais tu n'y prêtes plus
aucune attention.

43. PAGE BLANCHE

Le lendemain, au petit matin, tu te réveilles
seul, nu dans ton canapé. Tu as peut être
rêvé, c'était encore un de tes fantasmes.
Mais non, tu sais que cette fois c'est vrai,
tu l'as senti, ça n'était pas comme les autres
fois. Mais Claire n'est plus là.

Tu te grattes la tête frénétiquement, semble
un peu perdu. Il y a quelque chose d'inquiétant
dans ton regard, un truc un peu lunatique.
Tu te lèves avec difficulté. C'est presque
déjà le petit matin. Tu te places devant
ta machine et relis ce que tu as cru écrire
la veille. Il n'y a qu'une seule page et
l'histoire est déjà finie, ça ne fera jamais
un roman, pas même une nouvelle. Tu en fait
une boule et la jette à la poubelle.
Tu sors de chez toi.

Je suis assis à ta place. Je me baisse et
attrape la boule de papier, je la déplie
calmement. Voici ce qu'il y avait d'écrit.
Voici le résultat de plusieurs moi de travail.

**CLAIRE N'EST PAS MA SŒUR, CLAIRE N'EST PAS MA
SŒUR, CLAIRE N'EST PAS MA SŒUR, CLAIRE N'EST
PAS MA SŒUR, CLAIRE N'EST PAS MA SŒUR, CLAIRE
N'EST PAS MA SŒUR, CLAIRE N'EST PAS MA SŒUR,
CLAIRE N'EST PAS MA SŒUR, CLAIRE N'EST PAS MA
SŒUR, CLAIRE N'EST PAS MA SŒUR, CLAIRE N'EST
PAS MA SŒUR, CLAIRE N'EST PAS MA SŒUR, CLAIRE
N'EST PAS MA SŒUR, CLAIRE N'EST PAS MA SŒUR,
CLAIRE N'EST PAS MA SŒUR, CLAIRE N'EST PAS MA
SŒUR, CLAIRE N'EST PAS MA SŒUR, CLAIRE N'EST
PAS MA SŒUR, CLAIRE N'EST PAS MA SŒUR, CLAIRE
N'EST PAS MA SŒUR, CLAIRE N'EST PAS MA SŒUR,
CLAIRE N'EST PAS MA SŒUR, CLAIRE N'EST PAS MA
SŒUR, CLAIRE N'EST PAS MA SŒUR, CLAIRE N'EST
PAS MA SŒUR,**

Quel spectacle navrant.

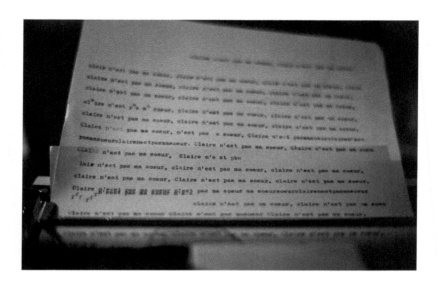

Ta médiocrité ne t'atteint pas et tu décides que ça sera une bonne journée. Tu sors te promener au Père-Lachaise, car cela fait longtemps que tu n'as pas été rendre visite à ton mentor et homonyme, Oscar Wilde. Tu te demandes toujours comment les gens peuvent ainsi joncher une tombe de baisers, des hommes et des femmes de tous les pays… Cela te fascine. Au loin, tu m'entends encore rire, mais tu décides de ne pas y prêter attention.

Arrivé dans l'allée où il repose, quelques touristes te masquent la tombe, mais elle te semble plus blanche, plus propre. Tu vois apparaitre des reflets. Tu t'approches encore, pousses quelques individus en short qui gênent ton passage. Quelle horreur ! Tu n'en crois pas tes yeux.

Ils ont passé Wilde au Karscher et l'ont placé dans un aquarium géant avec des vitres de 12 centimètres d'épaisseur.

Finis les traces de rouge à lèvres, les bisous et les mots d'amour, finis les petits papiers éphémères avec des petits cailloux dessus. Un rond de cuir sans cervelle s'est donné comme mission divine de laver Wilde ! Et bientôt il va s'attaquer à Jim Morrison, aux chewing-gums collés sur l'arbre, aux mots de ces milliers de filles et de garçons venus du monde entier pour lui rendre hommage… C'est monstrueux ! Ce débile a lavé la mémoire du cimetière. Tu restes bloqué là encore quelques minutes, et tu repars la queue entre les jambes.

Soudain, tu crois apercevoir Claire de dos, tu cries son nom, mais elle disparaît dans une allée.

Ton visage n'affiche pas la moindre expression. Ni joie, ni tristesse. Tu marches comme un zombie, sans vie. Tu t'arrêtes soudain. Ton visage devient de plus en plus grave, il se fige. Sans que tu puisses y faire quelque chose, des larmes te coulent sur les joues. Arrivé devant le crématorium, tu t'effondres de chagrin. Sur une des centaines de plaques en marbre noir, tu lis le nom de Claire Lima, ta sœur.

Ton désir pour elle a été si puissant qu'il t'aura fallu errer et te perdre dans ton esprit noyé par l'alcool et les médicaments pendant toutes ces années pour réaliser que la personne à laquelle tu tiens le plus au monde est morte. Même moi, ton ami le clown, ton inconscient, celui qui t'a toujours effrayé, celui que tu crains le plus au monde, ton pire ennemi, je n'ai jamais réussi à te faire accepter ta réalité. Tous mes efforts ont été vains.

J'ai failli à ma mission.

Mais elle, elle a réussi. Elle est restée vivante pour toi, ton désir avait le pouvoir de faire ça. La chute est dure, nous le savions. C'était inéluctable, comme l'est la mort, cette salope de fatalité ! Nous ne pouvions pas la garder en vie plus longtemps, il fallait revenir dans le monde réel. Nous ne pouvions pas flotter ainsi le restant de ta vie, Oscar. Même si ta vie sans elle ce n'est pas une vie. Même si tu sais que tu dois maintenant mettre un terme à la tienne. Ton choix sera le bon, mettre un terme à ta propre existence ou simplement à ta vie avec elle.

Moi, je suis ton ami, je suis toi, ou une partie de toi, celle que tu as enfouie, oubliée, le jour où elle est morte dans ce tragique accident de voiture. Oui, ça te revient maintenant. Tu étais avec elle en vacances dans le Sud.

C'est l'un de tes meilleurs souvenirs avec elle. Vous étiez bien, vous aviez loué une petite décapotable. Le désir pour elle était déjà là, il a toujours été là et elle l'a toujours aimé. Ça ne lui a jamais posé de problèmes, au contraire, il a développé sa féminité et, grâce à lui, elle n'a jamais douté d'elle-même, ni surtout pas de sa séduction, ni de rien. Il l'a portée depuis toujours. Il était beau et puissant, un gage de vie, et il l'a gardée en vie tout ce temps.

La tombe d'Oscar Wilde au Père lachaise.

Tu étais au volant, mais tu n'es pas responsable de ce salaud alcoolique qui t'a coupé la route. Ce n'est pas toi qui as ôté la vie à ta sœur, c'est lui. Ou alors c'est la mort elle-même. On ne peut pas aller contre la fatalité.

ÉPILOGUE

Tu rêves encore. Le même rêve. Tu es à nouveau dans cette jolie église de village, assis devant l'autel. Claire entre dans l'église et s'approche de toi. Son allure est belle, presque angélique, dans sa longue robe blanche.

Elle arrive à ta hauteur et se penche tendrement sur toi pour te murmurer à l'oreille qu'elle sera toujours ta petite sœur, toujours.

Mais cela fait des années qu'elle est morte, et il faut que tu la laisses partir.

Tu la regardes avec amour et compassion, mais cette fois il n'y a plus de fantasme brutal dans ton esprit. Tu parais plus serein.

Enfin, Oscar, tu pleures.
Maintenant, toi aussi tu peux mourir.

FIN